Das erotische Tagebuch der
Nymphomanin und Domina
Annabelle

Mein Name ist Annabelle, ich bin
30 Jahre alt, solo, ich habe keine
Laster, ich rauche nicht, ich trinke
selten, aber...........

ich bin Nymphomanin.

Bis vor wenigen Jahren hatte ich
immer dagegen angekämpft. Es
war ein brutaler Kampf, denn tief,
in meinem Inneren, wollte ich es
ausleben und genießen. Ich wollte
meinen Gelüsten freien Lauf lassen und alles tun, damit sie befriedigt werden. Ich konnte mich auch
niemanden anvertrauen, denn Vor-
urteile sind die Peitschenhiebe der
Gesellschaft. Also habe ich ge-
schwiegen und gelitten, aber dann
platzte es aus mir heraus und ich

1

konnte nicht mehr anders. Mein Leben musste sich ändern, ich musste frei werden und frei bleiben, Mein Körper war süchtig nach Sex und den sollte er nun, zu jeder, nur erdenklichen Möglichkeit, bekommen.

Ich schrieb gerne meine Erlebnisse auf und las sie, nach einiger Zeit, wieder mal durch. Dabei weckte ich wieder Gelüste, die nicht zu stoppen waren. Warum auch, dachte ich mir eines Tages und so entstand, nach langen Überlegungen:

mein Tagebuch.

Meine ganzen Erlebnisse, Gefühle, Sexausbrüche, alles hatte ich aufgeschrieben und zusammengehalten. Es ist geil, darin zu lesen und sich abzureagieren, denn sie puschen das Blut in die richtigen Körperteile und man ist nachher befreit und fühlt sich wohl. Ist das nicht das Wichtigste im Leben? Ich meine, ja….

Ach, und noch etwas, ich bin nicht nur eine Nymphomanin, sondern auch eine

Domina.

Begleitet mich in meinem Tagebuch und findet Euch selbst darin wieder. Denn viele Menschen erleben das Gleiche, wie ich, im Stillen, in abgedunkelten Räumen, zu Hause und haben Angst, es rauszulassen. Ihr zerstört Euer Leben, wenn Ihr immer nach Meinungen anderer lebt. Seid Ihr Selbst, lebt Euer Leben. Wenn Ihr es nicht tut, dann wartet nicht auf jemanden, der Euch die vergeudete Zeit wieder zurückgibt. Es gibt Niemanden, der diese Macht dazu hat.

Wie bereits erwähnt, bin ich Nymphomanin und will meine Lust immer dann ausleben, wenn sie mich überkommt. Da dies ständig passiert, bin ich immer unterwegs, um Befriedigung zu finden. Manchmal habe ich auch jemanden mit nach Hause genommen, aber dann nur für den Moment, denn meine Freiheit ist mir auch wichtiger, als alles andere.

Mein erotisches Tagebuch beginnt mit Pierre:

Du bist bei mir und ich trage schwarze Lederkleidung, mit schwarzen Stiefeln und empfange dich. Ich drücke dich an einen Tisch und reiße dir dein Hemd vom Körper. Du willst mich küssen, aber ich lasse es nicht zu. In der einen Hand habe ich eine Wildlederpeitsche, mit silbernen Kugeln, an jedem Ende. Damit streife ich deinen Rücken und fasse in deine Haare. Ich ziehe deinen Kopf hoch, öffne leicht meinen Mund und komme immer näher. Ich küsse dich ganz langsam und intensiv. Dann richte ich dich wieder auf und du fasst mich an meine Hüften. Du siehst, dass meine Lederhose unten offen ist und deine Geilheit wird immer schlimmer. Du willst mich lecken, aber ich verbiete es dir. Wieder streife ich mit meiner Peitsche deinen Rücken, du stöhnst auf, nicht vor Schmerz, sondern vor lauter Lust. Ich setze mich auf den Tisch und öffne langsam meine Beine. Du siehst meine feuchte Liebesgrotte und ich bemerke, dass dein Schwanz geil und steinhart ist. Ich greife nach ihm und massiere deine Eier, du stöhnst und wirfst deinen Kopf in den Nacken. Ich ziehe dich näher ran und fordere dich auf, mir deinen Schwanz in meine heiße und nasse Grotte zu stecken. Du gehorchst sofort und fickst mich, wie der leibhaftige Teufel. Ich schreie und stöhne, bäume mich auf und will deinen Schwanz in meinem Mund spüren. Du wirfst mich auf den Boden und setzt dich über mich, so dass ich deinen harten und heißen Schwanz in meinen Mund stecken kann. Ich sauge und blase, halte deine Eier, deinen Hintern, fest umklammert. Du schreist und flehst, abspritzen zu dürfen. Ich erlaube es und du spritzt ab, wie noch nie. Kurz danach gelingt es dir, mich zu überwältigen und steckst mir deinen geilen Schwanz nochmal in meine heiße und nasse Fotze. Ich kann nicht mehr und explodiere. Ich werfe die Peitsche weg und umklammere dein Becken, um den ganzen Saft, nochmal, von dir, zu bekommen. Es dürfte niemals aufhören, aber es muss.

Er blieb den ganzen Tag und die ganze Nacht, ohne Pause. Danach verabschiedete ich mich bei ihm und er wusste, dass es kein zweites Mal geben würde. Ich hasse Gewohnheiten. Sie machen nur müde und man langweilt sich. Kurze Zeit später, stieg die Lust wieder in mir hoch, sie ist grenzenlos. Eine Befriedigung für mich unmöglich. Es sind nur kurze Zeiten, die mich glücklich machen, aber ich bin süchtig danach. Ich muss es haben, ich muss es immer auf´s Neue ausleben. Manchmal ist es auch ein Fluch.

Der zweite Tag begann mit George….Auch er blieb den ganzen Tag und die ganze Nacht. Wir aßen und wir tranken nicht. Er durfte es nicht. Ich war wichtiger. Er musste erst mich befriedigen und dann konnte er an sich denken.

Es gab und gibt jedoch keine Befriedigung für mich. Niemals.

Du liegst vor mir auf dem Bett und ich knie vor dir. Du hast deine Füße aufgestellt und ich drücke deine Beine ein wenig auseinander. Dann nehme ich deine Eier in meine Hände und lasse sie zwischen meinen warmen Fingern hin und hergleiten. Dann nehme ich deinen Schwanz, der schon hart und feucht geworden ist, in meine Hände und streichele ihn von unten, von oben und streichele dann zärtlich über deine pralle Eichel. Deine Eier sind zum Platzen gefüllt und schreien mir entgegen, erlöst zu werden. Langsam führe ich deinen geilen Schwanz zu meinem heißen Mund, öffne ihn und lasse ihn hineingleiten. Du zuckst vor Wonne und stöhnst leise. Deine Augen sind geschlossen und deine Hände ballen sich zu Fäusten. Deine Erregung nimmt immer mehr zu. Ich stülpe meine feuchten Lippen über deine Eichel und beginne mit der Zunge an ihr zu spielen, dann fange ich langsam an zu saugen. Du willst nach mir greifen und zu dir ziehen, aber du kriegst mich nicht zu fassen. Ich schiebe deinen geilen Schwanz in meinen Mund und wieder heraus. Du stöhnst und bäumst dich auf, so viel Wonne überkommt dich. Ich höre plötzlich auf und beuge mich näher zu dir und will mich auf dich setzen, um dich zuzureiten. Doch du wirfst mich auf den Rücken, setzt dich auf mich und steckst mir deinen heißen, feuchten und geilen Schwanz zwischen meine prallen Titten. Ich drücke sie zusammen und du reibst und stößt immer schneller zu. Du fickst meine Titten und ich komme vor Geilheit fast um. Ich öffne meinen heißen Mund und erwarte deinen kostbaren Saft. Du stößt immer schneller zu und mein Kitzler schwillt immer mehr an. Du erregst mich unbeschreiblich. Du greifst nach einem Dildo und steckst ihn mir in meine nasse Grotte. Ich bebe vor Ekstase und schreie: fick mich, fick mich härter. In dem Moment spritzt du mir, deinen heißen Saft, in meinen offenen Mund. Ich stöhne haltlos und bekomme zwei Orgasmen hintereinander und drehe vor Lust bald durch. Wir schreien und stöhnen beide und genießen diese Höllenwollust, die uns überkommt. Danach liegen wir noch einige Zeit nebeneinander und wollen anschließend duschen gehen. Eine fatale Entscheidung, denn unsere unbändige und grenzenlose Gier macht uns zu Sklaven, weil wir willenlos und süchtig nach unseren Körpern sind.

Als George ging, war ich wieder hungrig auf Sex. Ich konnte mich nicht beruhigen und verwöhnte mich selbst. Nach 2 Stunden schlief ich ein, wachte aber, nach kurzer Zeit, wieder auf, schweißgebadet und süchtig nach Befriedigung. Es ist auch ein Fluch, Nymphomanin zu sein, aber wenn ich mein Futter gefunden habe, bin ich selig und zufrieden – für eine kurze Zeit. Auch George wollte mich unbedingt wiedersehen, aber ich lehnte ab. Ich kannte ihn jetzt, wie er fühlte, was er liebte und was nicht. Es würde mich langweilen, wenn ich ihn wiedersehen würde. Ich benötige die Überraschung, das Neue, das Aufregende, jeden Tag, jede Minute, jede Sekunde. Immer wieder.

Philip hatte ich beim Einkaufen kennengelernt. Er war sehr unbeholfen und geradezu schüchtern, was mich noch mehr reizte. Ich habe ihn gelehrt, mich zu verwöhnen, ohne Pause. Er war auch sehr gelehrig, denn er war in kürzester Zeit süchtig nach mir. Das gefiel mir sehr, aber auch ihn würde ich, danach, nie mehr wiedersehen.

Du sitzt nackt auf dem Bett und ich knie nackt hinter dir. Ich massiere erst deine Schultern, um dann runter, an deinem Rücken entlang zu massieren. Dabei drücke ich mich fest an dich, so dass du meine vollen Brüste spürst, dabei küsse ich deinen Hals und beiße zärtlich in deine Ohrläppchen und flüstere leise deinen Namen in dein Ohr. Dann lecke ich deine Ohrmuschel, das Innenohr, um dann an deinem Ohrläppchen zu beißen. Dann gleiten meine Hände vorne über deine Brust und ich nehme jede Brustwarze einzeln in meine Finger und reibe sie, bis sie hart sind.

Dann taste ich mich langsam über deinen Bauch runter bis zu deinem Schwanz, der sich mir schon entgegenstreckt. Dann greife ich um dich und werfe dich auf den Rücken und fange an, deinen Bauch zu küssen und ihn zu lecken und gehe weiter runter zu deinem Schwanz, den ich dann endlich genüsslich in den Mund nehme. Ich sauge und lecke daran, bis du es nicht mehr aushälst. Ich streichele deine Innenschenkel und voller Wollust erhebe ich mich, um mich auf dich zu setzen, um dich zuzureiten, aber du nimmst meine Schultern und drückst mich auf den Rücken und willst die Macht über mich besitzen. Ich lasse es zu, denn meine Lust geht ins unermessliche. Ich stöhne und schreie und flehe dich an, mir deinen harten Schwanz in meine heiße Liebesgrotte zu pressen. Du erhörst mich und steckst deinen Schwanz erst ganz langsam hinein, bleibst ruhig, um ihn dann nachzupressen. Meine Ekstase wird immer stärker und lauter. Du fickst mich und leckst dabei meine Brüste, die vor lauter Leidenschaft beben. Du fickst mich immer stärker und heftiger. Ich kralle mich in deinen Rücken und plötzlich spritzen wir beide ab. Unsere Geilheit ist so stark und groß, und ich bin so nass, das ich es nicht mehr aushalte. Du lässt deinen Saft in mich rein laufen und ich presse dir mein Becken entgegen um alles von dir zu bekommen. Dann ziehe ich deinen Schwanz aus meiner Liebesgrotte, um den letzten Rest aufzusaugen. Du stöhnst und schreist meinen Namen und wir beide sind hemmungslos geil....... Er war ein lieber Junge.

Ich lebe in einer großen alten Villa, aus dem 17. Jahrhundert, in

Frankreich. Dort ist auch das Domizil für meine Sklavenausbildung. Der untere Teil des Hauses ist mein Reich. Auf der ersten Etage sind die Jungsklaven, die dort meine Ausbildung genießen. In der 2. Etage befinden sich die Sklaven, die ihre Prüfungen erledigt haben und aufstreben und in der 3. Etage befindet sich die Folterkammer der Prestigekunden. Was sich in meinem Keller befindet geht niemanden etwas an. Meine Schule ist hart, sehr hart, ich kenne keine Gnade, kein Erbarmen, ich verzeihe nicht und ich vergesse nichts. Die ausgebildeten Sklaven, die mein Haus verlassen, haben eine gute Zukunft, in anderen Häusern, bei ihren Herrinnen. Sie lernen hier Demut und Respekt, Gehorsam und harte Disziplin. Wer die Ausbildung nicht besteht, sollte sich töten, denn er wird niemals als

Sklave ein Zuhause finden. Aber dazu kommen wir später.

Pedro traf ich auf dem Markt, als ich frisches Gemüse einkaufte. Wir sahen uns in die Augen und spürten sofort eine große Anziehungskraft. Seine braunen Augen leuchteten, wie Bernstein, in der Sonne und sein Lächeln faszinierte mich. Er war gut gebaut und sehr appetitlich, so dass ich ihn auf einen Rosé einlud. Er sagte zu und wir gingen in ein gemütliches Bistro. Mir dauerte die Unterhaltung zu lange, denn ich wollte nur meine Gier befriedigen. Dass er das gut konnte, spürte ich, zwischen meinen Schenkeln, denn dort befanden sich seine Zehenspitzen, also war auch er bereit dazu. Und mir fiel plötzlich ein, dass ich noch Sahne im Kühlschrank hatte.

Du liegst vor mir und ich beuge mich zu dir runter, um dich zu streicheln. Ich habe dich gerade gebadet, abgetrocknet und will dich nun genießen. In der Hand habe ich eine Dose mit Sprühsahne, paradiesisch süß und diese Sahne sprühe ich auf deinen Körper. Erst auf die Brust und auf deine Nippel, die sich sofort aufstellen, dann runter zu deinem Bauch und in den Bauchnabel. Es ist so geil. Zwischendurch sprühe ich etwas Sahne auf meinen Daumen und zeige dir, wie ich gleich deinen geilen Schwanz ablecken und ansaugen werde, um das kleinste bisschen Sahne abzubekommen. Ich stecke ihn ganz langsam in meinen Mund, schließe die Augen und schließe meine Lippen. Ich sauge an ihm und dann hörst du ein schmatzendes Geräusch, weil ich ihn ablutsche und alles genüsslich aufnehme. Dann gehe ich weiter runter und besprühe deine warmen Eier. Upps, da läuft etwas kostbare Sahne herunter, an deinen Arschbacken entlang. Ich lecke das leckere Etwas sofort auf, damit nichts verschwendet wird. Ganz langsam gehe ich mit meiner Zunge an deinen Eiern entlang, nehme jedes Ei einzeln in meinen heißen Mund und streichele es mit meiner heißen Zunge. Dann sprühe ich als Krönung die Sahne auf deine pralle Eichel. Dein Schwanz steht schon erwartungsvoll kerzengrade, als wenn er mir entgegenkommen will. Erst ein Häubchen auf deine Eichel und dann einen Strahl deinen Schwanz entlang, bis runter zum Schaft. Es sieht so köstlich aus und duftet nach Vanille. Ich zittere am ganzen Körper, öffne meinen Mund, halte dein Becken fest umklammert und führe deinen geilen Schwanz in mein heißes und gieriges Fickmaul. Ich beginne ganz langsam zu saugen, mit der Zungenspitze taste ich dein Loch ab, woraus mir deine köstliche Ficksahne entgegen spritzen wird. Dann lutsche ich deine Eichel, um jedes bisschen Sahne aufzunehmen, dann lecke ich an deinem Schwanz entlang, bis nach unten und wieder rauf. Zum Schluss umfasse ich deine satte Eichel mit meinen Lippen, um im inneren meines Fickmauls, deinen Schwanz mit meiner Zunge richtig zu bearbeiten. Ich spüre, wie dein Saft hochsteigt, du bebst und deine Haut wird feucht. Du stöhnst leise und willst mich greifen. Es wird immer heftiger. Ich bin so nass und geil, dass ich den Mund öffne, laut stöhne und dich haben will. Jetzt. Meine Fotze ist triefendnass, mein Kitzler ist geschwollen. Ich sprühe mit letzter Kraft Sahne in meinen Mund, du siehst es, kommst hoch und küsst mich leidenschaftlich, so dass wir beide unsere Zungen in der Sahne baden können. Es ist so geil. Dann wirfst du mich auf den Rücken, greifst meine Beine, legst sie auf deine Schultern und rammst mir deinen majestätischen Schwanz in meine gierige Fotze. Ich schreie den Wahnsinn raus, zittere, bebe und lasse den Orgasmus toben, der in mir aufsteigt. Zum gleichen Zeitpunkt spritzt du deinen heißen Saft in meine Grotte. Es ist unfassbar, wie geil wir sind…...Für mich nur eine kurze Freude.

Sven war auch ein lieber Junge und wirklich positiv, aber er wollte eine feste Bindung haben, ich aber nicht. Ich wollte Sex und nach irre langen Gesprächen war er auch bereit dazu. Das Thema, feste Bindung, haben wir derweil auf Eis gelegt. Ich habe ihn mit nach Hause genommen, es war eine schöne

Nacht, mit ihm, aber ein Tropfen auf dem heißen Stein.

Du sitzt auf dem Bett, die Beine liegen auf dem Bett. Ich sitze neben dir und öle dich mit Tantra-Öl ein. Jeden Zentimeter deines wundervollen Körpers öle ich langsam und genüsslich ein. Ich beginne am Hals, der leicht massiert wird und gehe runter zu deiner Brust. Um deine Brustwarzen herum teste ich erst mit meiner Zunge, ob sie eingeölt werden können oder ob sie es nicht mögen. Nachdem ich mit meiner Zunge über deine Nippel gefahren bin, stehen sie hart und steif nach oben. Ja, sie können eingeölt werden. Ich mache das ganz zärtlich und massiere die Nippel auch dabei. Dann gehe ich weiter runter zu deinem Bauch und zu deinem Bauchnabel. Ich nehme etwas Öl in die Hand und reibe mit kreisenden Bewegungen das Öl in deinen Bauch. Mit meiner Zunge teste ich deinen Bauchnabel, ob er eingeölt werden darf. Ich umkreise mit meiner Zunge deinen Bauchnabel, um dann mit meiner Zungenspitze ganz zart in ihm zu bohren. Ja, er darf eingeölt werden, von mir. Du atmest etwas schneller und lauter, schließt die Augen, als ich noch weiter runter gehe mit meinen Händen. Ich erreiche deinen kostbaren Schwanz der sich mir schon entgegenstreckt. Du beobachtest mich jetzt ganz genau. Ich nehme ihn in die Hand und muss auch ihn testen, mit meiner Zunge ob ich ihn einölen kann. Deine Haut wird feucht vor Erregung. Du wirst nervös und das macht mich noch heißer. Ich führe deinen Schwanz zu meinem Mund, du siehst zu, ich öffne ihn ein bisschen und fahre mit meiner Zunge über deine Eichel, umkreise sie mit meiner Zunge dann gehe ich mit der Zungenspitze in das kleine Loch, woraus deine Ficksahne mich begrüßen wird. Ich muss noch mehr testen, öffne meinen Mund etwas mehr und schiebe deinen Schwanz hinein. Ich umschließe deinen Schwanz mit meinen Lippen, innendrin spiele ich mit meiner Zunge an ihm und fange an zu saugen. Ganz leicht und zärtlich. Du wirst noch unruhiger, bewegst deinen Hintern hin und her, stöhnst und krallst dich in das Bettlaken Ich lutsche und sauge etwas heftiger. Ich habe die Augen geschlossen, weil ich es so genieße. Ich genieße deinen herrlichen Schwanz. Langsam greife ich deine Eier, lasse von deinem Schwanz ab und lecke und sauge an deinen warmen, nach Sex duftenden, Eiern. Es ist so geil sie zu lecken und an ihnen zu saugen. Ich stöhne auf, denn ich werde immer geiler und nasser. Ich fühle mit der anderen

Hand zwischen meine Beine. Meine Fotze ist triefend nass und mein Kitzler platzt gleich. Beim Berühren überkommt mich ein wohliger Schauer der mich laut stöhnen lässt. Du siehst mich an und leckst dir die Lippen. Ich gehe weiter runter zu deinen Oberschenkeln, öle die Innenschenkel ein, ganz tief zwischen deinen Beinen öle ich dich ein. Dann deine Füße und nun bitte ich dich, dass du dich umdrehst. Ich gehe mit meinen eingeölten Fingern ganz zart zwischen deine Arschbacken und führe ganz zärtlich meinen Finger in deinen After. Du stöhnst lauter und sagst: ich kann gleich nicht mehr, ich will dich unbedingt ficken, du gehörst mir, ich will dich jetzt. Aber ich lasse es noch nicht zu. Ich öle ganz sanft deine Arschbacken ein. Dann drehst du dich wieder zurück. Ich setze mich vor dich hin und beginne ganz langsam meine prallen Titten einzuölen. Ich öle sie mit einer ganzen Handfläche ein, dann unter meine Titten, dann schiebe ich sie zusammen, knete das Öl richtig in sie rein. Dann nehme ich beide Hände. Ich stöhne und das Wasser läuft mir im Mund zusammen. Du siehst mir zu, du bekommst Schweißperlen auf der Stirn, du starrst auf meine prallen Titten, nimmst mir die Flasche weg. Ölst deine Hände ein und übernimmst meine Titten Ich werfe meinen Kopf in den Nacken. Ich bin so geil, unmenschlich geil. Ich sehe dich an und zeige dir was ich jetzt will. Du sitzt auf dem Bett und ich hebe meinen Arsch hoch und setze mich auf dich drauf, so kannst du meine geilen Titten weiter massieren oder an ihnen lutschen und ich stütze mich an deinen Schultern ab und kann dich ficken, es ist fast nicht auszuhalten, so geil sind wir. Ich fick dich und laufe schon aus, wir küssen uns, unsere Zungen tänzeln umeinander, du hälst meinen Kopf fest, dann wirft du mich zur Seite, ziehst meinen Arsch hoch und fickst meine Fotze von hinten, ich drehe ab, werde wahnsinnig, so ein geiles Gefühl, so ein plötzlicher Tornadoorgasmus kommt über mich, du stöhnst, schreist und spritzt deine ganze Sahne in meine Fotze. Du krallst dich an meinen Hüften fest. Du zuckst beim Abspritzen und nochmal und fickst mich weiter, ich komme wieder und wieder, ich bekomme kaum Luft vor lauter Geilheit, du explodierst nochmal in mir, es ist der reinste Wahnsinn. Nur viel zu kurz.

Robert war ein Außenseiter. Er war sehr schüchtern und sehr penibel. Als er bei mir war, stand er hundert Mal auf, um etwas gerade zu rücken oder um etwas richtig hinzustellen. Er machte mich wahnsinnig. Ich knallte deshalb einmal heftig mit meiner Peitsche auf den Tisch und befahl ihm, mich zu verwöhnen und sonst nichts. Er gehorchte. Aber er konnte doch ein Filou sein, wie ich später dann bemerkte. Stille Wasser sind tief.

Ich liege auf deinem Bett, habe ein Kissen unter meinem Hintern, meine Beine liegen auf deinen Schultern und du steckst mir deinen heißen, geilen und megaharten Schwanz ganz langsam in meine triefende Fotze. Ganz langsam führst du ihn ein. Ich atme immer schneller, ich will ihn schnell ganz tief spüren, aber du weigerst dich. Das macht mich noch heißer, noch wilder und du weißt das ganz genau. Stück für Stück drückst du ihn nach. Ich weiß nicht, wo ich mich festhalten soll, ich will dir mein Becken näher randrücken, aber es geht nicht. Ich bin dir ausgeliefert und muss schweißgebadet und voller heißer Gier darauf warten, bis du aufhörst mich zu quälen und ihn mir ganz reinrammst. Schweißperlen haben sich auf deiner Stirn gebildet. Du kämpfst selber mit deiner unbarmherzigen Lust, aber du willst mich leiden sehen. Du willst spüren, wie ich innerlich flehe und bettele, um deinen harten Schwanz endlich in meiner Fotze spüren zu dürfen. Als du ihn ganz drin hast und ich voller Genuss dir entgegen stoße, ziehst du ihn wieder fast raus und beginnst das Spiel von vorne. Du schwitzt jetzt dermaßen, dass deine Haare feucht sind. Du atmest schwer, weil du so geil bist, aber du siehst, dass ich bald fertig mit den Nerven bin. Du siehst, das ich zittere und bebe, vor Lust und Geilheit, aber du fängst mit der

Tortur nochmal von vorne an. Ich verliere bald den Verstand. Ganz langsam, Stück für Stück schiebst du ihn in meine nasse Grotte. Ich stöhne und schreie, bitte und flehe, das sich deinen Schwanz ganz haben will und zwar sofort, aber du quälst mich weiter. Dann als es nicht mehr geht und du merkst, dass mein Kitzler zu platzen droht und du deinen Saft hochsteigen spürst, erlöst du mich und wir beide spritzen dermaßen hart ab, dass wir es richtig spüren können. Ich stöhne, schreie, greife nach dir und du fickst mich wie ein Wahnsinniger. Du weißt, dass ich durch diese Quälerei so geil geworden bin, dass die nächsten Orgasmen problemlos bei mir kommen und du hast Recht. Dein Schwanz wird in mir wieder hart und das Spiel beginnt von vorne.

Andre war verheiratet. Ola la…..Das wollte ich nicht, niemals. Ein verheirateter Mann macht nur Ärger. Lügen, falsche Versprechungen und vieles mehr. Obwohl, es könnte mir egal sein, denn ich will ja nur Sex haben und davon unendlich viel. Also, was kümmert mich seine Frau, sein Leben. Für mich zählt der Moment, das Jetzt und nicht das Morgen oder das Gestern. Zum Teufel mit den Überlegungen und mit der Vorsicht. Ich will befriedigt werden und wenn es nur für kurze Zeit ist.

Ich hatte mir für Andre und für mich ein heißes Spielchen ausgedacht. Ich wollte, dass wir Rüde und läufige Hündin spielen. Er hat es großartig gespielt. Ich war sehr beeindruckt….

Du bist mein heißer und geiler Rüde und ich möchte deine läufige

Hündin sein. Wenn wir beide nackt, auf allen Vieren, wie Hunde, in meinem Schlafzimmer sind, möchte ich dich beschnuppern, erst von hinten, ob du auch ein Rüde bist, der mir zusagt und dann würde ich weiter gehen, in dem ich deinen Rücken, deine Arme und Beine anlecken würde. Wenn dein Duft mir gefällt, schmiege ich mich an dich und genieße es. Du stehst erst nur da und lässt dir mein beschnuppern gefallen und zeigst mir aber durch Geräusche, dass es dir gefällt. Dann gehe ich mit meinem Oberkörper weiter runter, um an deinen Schwanz zu kommen und an deine Eier, die für eine läufige Hündin, sehr wichtig sind. Auch dort beschnuppere ich dich, erst von hinten kann ich deine Eier aber noch besser anlecken. Ich darf ja nicht meine Hände nehmen, das kann eine Hündin ja auch nicht Ich habe nur meinen Mund, meine

Zunge und meine Zähne. Wenn ich von hinten meinen Kopf zwischen deine Beine stecke, dann heißt das, dass du deine Beine etwas weiter auseinander machen sollst. Ich will an alles so besser rankommen. Ich werde dabei direkt sehr nass und noch heißer. Dann komme ich wieder zu dir und beschnuppere deinen Bauch, reibe mit meiner Nase daran und lecke ihn ein wenig. Dann beuge ich mich mehr runter und sehe, dass dein geiler Schwanz schon hart und prall ist. Das gefällt mir als läufige Hündin und ich stöhne leise auf, weil ich immer geiler werde. Ich nehme deinen Schwanz mit meinen Zähnen sanft hoch und führe ihn mit meiner Zunge in meinen Mund. Oh, deine Hündin ist so geil und heiß. Ich mache meine Beine etwas weiter auseinander, um so meine Fotze besser zu öffnen, falls du als Rüde mich besamen willst. Ich lasse ab von deinem Schwanz und gehe nochmal von hinten an deine Eier. Du wirst unruhig. Nachdem ich deine Eier liebkost habe, gehe ich nach vorne und stelle mich dicht vor dich hin. Du beschnupperst meinen Hintern und leckst meine Arschbacken. Ich werde immer nervöser. Ich habe dir als Hündin gezeigt, dass du der richtige Rüde für mich bist. Du geht's von hinten mit deiner Zunge an meinem After lang und weiter runter zu meiner Grotte. Ich strecke meinen Arsch extra raus, damit du von hinten mein Loch lecken kannst. Mir läuft Speichel aus meinem Mund, ich bin so elendig heiß, ich zittere am ganzen Körper. Du fühlst genauso und ich signalisiere dir, dass du mich besteigen sollst. Du kommst mit dem Oberkörper hoch und stellst dich auf mich, von hinten. Ich spüre deinen harten Schwanz an meinen Arschbacken, ich strecke ihn noch mehr raus. Ich bin so dermaßen nass, dass du schnell den Eingang findest, deinen Schwanz reinstößt und mich fickst. Du fickst mich, wie ein liebestoller starker Rüde. Ich stöhne immer lauter, ich genieße es, ich schließe die Augen, es ist so geil, so heiß, von dir bestiegen zu werden. Du hechelst und brummst, stöhnst und plötzlich spritzen wir beide ab. Es ist ein Tornado unserer Gefühle und unserer Geilheit, die uns überrennt. Du bist ein so geiler Rüde, ich will deinen Schwanz nicht mehr loslassen, ich spritze wieder und wieder ab. Du wirst immer wilder und fickst weiter, immer weiter und besamst mich. Ich mache meine Beine immer weiter auseinander, ich will mehr haben, tiefer, fester und mehr. Dein Samen läuft in meine Fotze und an meinen Beinen runter, es ist so geil. Wenn es mich doch länger befriedigen würde, aber…..

Es ist ein Fluch, eine Nymphomanin zu sein, denn es gibt für mich keine Befriedigung. Ich bin gierig auf jede Sekunde, aber so schnell, wie sie gekommen ist, so schnell vergeht sie auch. Aber was genauso schlimm ist, ist Langeweile. Die Jungs sind und waren wirklich nett, aber für immer….nein, das ist nichts für mich. Die tägliche Abwechslung ist wie neues Blut. Ohne dies würde ich sterben und zwar ganz allein.

Ich möchte nun ein wenig abschweifen und von meinem jungen Lehrling erzählen, der zu mir, in meine Villa geschickt worden war, um hier seine Ausbildung zu absolvieren, seine Ausbildung zum Jungsklaven. Er hatte zunächst einen sehr schlechten Auftritt, aber ich wusste, dass er durch meine Erziehung wandelbar war.

Meine Gesetze sind einfach: ich verlange das Letzte von meinen Lehrlingen. Es gibt keine Vergünstigungen, keine Pluspunkte, nur harte Arbeit und ebenso harte Bestrafungen, wenn nicht so gefolgt wird, wie ich es befohlen habe. Ich bin für meine exzellenten Maßnahmen, bis über die Stadtgrenzen hinaus, bekannt, aber auch für meine ausgesuchten und gigantischen Foltermethoden. Diesen Ruf lasse ich von Niemanden, von wirklich Niemanden zerstören, eher zerstöre ich dieses Individuum, selbst.

Ich empfing also einen jungen Mann, aus einer anderen Stadt, der ungehorsam gewesen war. Ich sollte ihn erziehen und verändern, charakterlich verändern und gefügig machen, so wie es einem Sklaven befohlen wurde. Joshua war 20 Jahre alt und davon überzeugt, dass er ein exzellenter Sklave sei und seine eigenen Regeln erstellen darf. Ein fataler Glaube, wie sich zeigen wird.

Joshua betrat die Vorhalle meiner Villa, ging auf die Ledersitzgruppe zu und setzte sich hin. In dem Moment kam ich die Treppe hinunter und sah ihn dort sitzen. Ich blieb kurz stehen und sah zu ihm runter. Joshua bemerkte mich erst gar nicht, fühlte dann aber meine Blicke in seinem Nacken und drehte sich um. Meine Blicke lassen Steine in Flammen aufgehen, so auch Joshua. Er fühlte brennendes Unbehagen in seiner Brust, als er in meine Augen sah und senkte sofort seinen Blick. Ich kam näher und blieb dicht vor ihm stehen. Ich sah im fest in die Augen: „Willst du dich nicht vorstellen, junger Mann?" fragte ich erbost. „Joshua, Joshua Hamilton, ich bin hierher beordert worden, zur Ausbildung", stammelte er ängstlich. „Ausbildung?", lachte ich. „Hier gibt es keine Ausbildung, für dich. Ich werde dich lehren, wie man Gesetze achtet, meine Gesetze. Es wird ein harter und steiniger Weg werden und du wirst das Pflaster lecken, auf dem du stehst und um Gnade winseln, wenn ich mit dir fertig bin", schleuderte ich ihm entgegen. Joshua erschrak und blickte ängstlich zu Boden. „Knie dich hin", befahl ich ihm und Joshua gehorchte. Ich stellte mich dicht vor ihm hin und befahl weiter:" Küsse meinen Stiefel, aber so, dass ich es sehe." Joshua hatte solch eine Angst, dass er alles gemacht hätte, nur um hier lebend wieder raus zu kommen. Er tat, wie ich ihm befohlen hatte und küsste meinen Stiefel. Dabei richtete er seinen Blick nach oben und das war ein Fehler. Er konnte sie nicht sehen, aber er hatte sie dicht, neben seinem Ohr, gespürt. Meine Peitsche. Joshua zuckte zusammen, Schweißperlen sammelten sich auf seiner Stirn. „Wie kannst du es wagen, mich dabei anzusehen?" fauchte ich ihn an. Joshua wusste nicht, wie ihm geschah und schon streifte ihn meine Peitsche ein erneutes Mal, jetzt aber an der rechten Wange. Sie brannte wie Feuer und er hatte starke Schmerzen. „Untersteh dich, deine Wange mit deiner Hand zu berühren", zischte ich. „Du kannst gar nichts, du bist nichts. Wo kommst du eigentlich her, aus dem Sumpf? Du bist eine Schande in meinem Haus. Ich verabscheue dich." Mit diesen Worten ließ ich ihn in der Halle stehen und stieg die Treppen zur ersten Etage empor. Joshua traute sich nicht, mir nachzublicken. Er verharrte so lange am Boden, bis er meinte, mich nicht mehr zu hören. Er stand blitzschnell auf und lief zur Eingangstür. Dort angekommen, griff er nach der Klinke und erstarrte. Die Tür war verschlossen. Er drehte sich um und sah in die Halle, aber niemand war da. Er traute sich nicht zu rufen, sondern blieb, wie angewurzelt, stehen. Kurze Zeit später trat mein Diener auf ihn zu und bat ihn, ihm zu folgen. „Nein", rief Joshua, „ich will raus hier". Mein Diener blieb ruhig und antwortete nur: „Ein Nein wird hier im Hause nicht geduldet, es sei denn, es wird von der Herrin persönlich gesagt. Das Wort „ich will" existiert hier im Hause ebenfalls nicht. Hier werden Befehle befolgt, sonst nichts. Folge mir bitte", bat ihn mein Diener und ging vorweg. Joshua folgte ihm widerwillig und sie stiegen in die erste Etage hinauf….zu mir. Oben angekommen sah sich Joshua verängstigt um, denn hier befand sich die Ausbildungsstätte der Jungsklaven und es kam mir so vor, als wenn er dieses Umfeld zuvor noch nie gesehen hatte. Er schluckte unentwegt und krampfte seine Finger in der Jackentasche fest. „ Wenn du gehorsam bist, dann hast du nichts zu befürchten. Richtest du aber dein Denken und dein Tun gegen mich, dann wirst du das den Rest deines Lebens bereuen. Und der Rest, der dir von deinem Leben dann noch bleibt, ist sehr, sehr klein. Mein Rat an dich, befolge meine Befehle, halte dich an meine strikten Anweisungen, versuche ein guter Sklave zu werden und liebe dein Leben, denn du bist der Einzige, der daran hängt." Er blickte zu Boden und gab keinen Laut von sich. Eine kurze Zeit später, die Stille füllte den Raum, befahl ich ihm: „Ziehe dich aus, komplett und lege deine Kleidung ordentlich, hier, über den Ständer." Er sah mich mit großen Augen an und begann sich auszuziehen. Dabei sah er immer wieder zu mir und wurde doch tatsächlich rot. Ich schüttelte nur noch mit dem Kopf. Was sollte ich mit so einem Kind, in meinem Stall. Ein Peitschenhieb und ich kann den Arzt rufen. Geschweige denn andere Dinge mit ihm zu praktizieren. Es dauerte mir zu lange, wie er sich auszog und so stampfte ich einmal mit meinem Stiefel auf, er erschrak, zog sich aber weiter aus. Jedes Kleidungsstück, welches er auszog, legte er vorsichtig und ordentlich auf den Ständer, bis er vollkommen nackt vor mir stand. Ich ging ein paar Schritte auf ihn zu, er blieb standhaft stehen, das gefiel mir schon mal. Dann sah ich mir dieses Kind an. Wie sagt man so schön: den will niemand ficken, nur füttern. Er war so dürr und unscheinbar, so schüchtern und unbeholfen, dass er schon Mitleid erregte. Ich ging einmal um ihn rum und strich mit meiner Peitsche über seinen Rücken. Er zuckte zusammen und ein leises „aua" entglitt ihm. „Aua?" rief ich aus, „ich habe dich kaum berührt. Wenn das schon bei dir einen Schmerz auslöst, was willst du dann hier?" Ich wurde nervös und böse zugleich. Er stahl meine kostbare Zeit und ich wusste beim besten Willen nicht, was ich mit ihm anfangen sollte. Er wimmerte plötzlich und stammelte irgendetwas, wie....teste mich, ich bin stark. Ich hatte keine Zeit für solch einen Kinderkram. Voller Wut knallte ich mit der Peitsche, griff ihn mir und warf ihn auf den Boden. Dann schob ich ihn mit meinem Stiefel in die richtige Position und schlug mit der Peitsche auf seinen Arsch. „Sage laut und deutlich, dass es dir gefällt und du mehr davon haben willst!"

Aber er schwieg, ich schlug nochmal zu und plötzlich rief er: „fessel mich, fessel mich und nimm mich, wie du willst." Ich sah ihn mir an, diesen kleinen Wurm und lachte laut auf. „Ich soll dich fesseln? Ich glaube du verstehst hier etwas falsch. Solche Nettigkeiten bleiben für meine Kunden vorbehalten, aber nicht für solche Kreaturen, wie dich. Was glaubst du eigentlich, wo du hier bist? Ich verrate es dir: du bist in einem der edelsten Häuser in Frankreich und bei Annabelle, der mächtigsten und größten Frau in Frankreich. Wenn du deine schnöde Lust befriedigen willst, dann gehe in ein Bordell. Verschwinde, nimm deine Sachen und verschwinde, aber schnell, bevor ich dich töte." Zitternd und stotternd stand er auf, klaubte seine paar Kleidungsstücke zusammen und rannte die Treppe runter, zur Ausgangstür, wo ihm auch schon mein Diener öffnete. Ich war fassungslos, so etwas hatte ich noch nie erlebt. Mir war auch klar, dass er von Niemanden geschickt worden war. Er hatte meine kostbare Zeit vergeudet, dafür hasste ich ihn noch mehr.

Ich öffne jetzt wieder mein Tagebuch.....

Alone war ein französischer Schriftsteller, er war 57 Jahre alt und sehr attraktiv. Als ich ihn traf und er erzählte, dass er keine Frau hatte, machte mich das nachdenklich. Als ich mit ihm sprach, merkte ich aber sehr schnell, warum. Ich sagte ihm geradeheraus, dass ich eine Nymphomanin sei und auf feste Partnerschaften keinen Wert legte. Ich muss meine Lust befriedigen, was nicht lange gelingt, aber ich muss es tun. Er war schüchtern, sehr schüchtern, aber ich sagte ihm, dass das bei mir nicht richtig sei, denn ich wäre unersättlich und gierig und dann sehr gefährlich. Er sah mir nur auf die Lippen, als ich ihm das sagte und mir wurde sehr heiß dabei. Ich nahm ihn an die Hand und nahm ihn mit nach Hause. Hoffentlich hatte mein Diener die Peitsche inzwischen weggeräumt, denn ich wollte nicht, dass Alone sich erschreckt. Ich war so heiß auf ihn, das durfte jetzt nicht passieren. Ich flüsterte ihm, zu Hause, in sein gieriges Ohr.......

Ich bin so geil auf dich und ich will, dass du deinen Finger in meine nasse Möse steckst, ganz tief und wenn du ihn wieder rausziehst, erfährst du den Geruch deiner Herrin nach Geilheit und den Geschmack, meiner Gier, nach dir. Stecke ihn wieder rein und noch einen, ganz tief drinnen, spürst du meinen G-Punkt, der mich, bei intensiver Berührung, in den Wahnsinn treibt. Massiere ihn mit deinen Fingern.. Ich massiere deine warmen Eier und streichele deinen heißen Schwanz erst ganz zärtlich, doch dann nehme ich ihn mir fester in die Hand. Er will es so haben, er liebt es so. Ich massiere ihn rauf und runter und spiele mit deinen Eiern. Du stöhnst auf, gefällt es dir so sehr? Ich rekele mich hin und her und es überkommt mich ein Strom von Geilheit und heißer Sucht nach dir. Ich will dich, ich will dich spüren. Du erfüllst mir meinen Wunsch und ziehst deine Finger aus meiner nassen Fotze, um mir deinen prallen Schwanz rein zu rammen. Ich habe meine Schenkel ganz weit auseinander gemacht, du siehst dir meine nasse

Grote an, fährst mit der Zunge über meinen Kitzler. Ich drohe abzuheben, stöhne vor unbändiger Lust und dränge mit meinem Becken immer näher zu dir. Ich will ihn haben, jetzt, will ich ihn spüren und mich brutal von dir ficken lassen. Jaaaa, gib ihn mir, ramme ihn mir rein, tiefer, fester, noch tiefer. Du hebst mein Becken ein Stück an, damit du mehr Beinfreiheit hast und tiefer in mich eindringen kannst. Es ist der reinste Wahnsinn, dein Schwanz füllt meine geile Fotze aus und es ist ein heißes Gefühl, wenn du ihn immer wieder zurückziehst und von neuem in mich steckst. Meine Titten wiegen sich im Rhythmus und du leckst an ihnen, als wenn du verdursten würdest. Fick mich immer weiter, ich werde wahnsinnig und spüre und höre, wie dein Saft in dir aufsteigt, du küsst mich leidenschaftlich. Deine Zunge ist heiß und duftet nach meiner Fotze, deine Zunge hat einen leicht salzigen Geschmack von meiner nassen Möse und von meinem Kitzler. Du siehst mich erbarmungslos an, ich spüre, wie mein Kitzler immer mehr anschwillst und wie mein Saft nach draußen will. Wir beide haben keine Macht mehr über uns, wir spritzen unsere heißen Säfte in uns hinein. Immer mehr, immer lauter, immer heißer. Eine Woge des Wahnsinns überkommt uns, noch einmal bäume ich mich auf, um das geile Gefühl des neuen Orgasmus frei zu geben und loszulassen, du hast dich nicht mehr im Griff, windest dich in mir und spritzt von neuem deine geile Sahne in mich rein. Du dürfest nie wieder aus mir rausgehen, so sehr brauche ich deinen Schwanz.

Louis war ein sehr verklemmter Jüngling, der mir aber auf Anhieb gefiel, weil er so war. Ich konnte ihm so viel beibringen und ihn genießen, wie frischen, jungen Wein. Meine Neugierde war kaum zu bändigen, als ich ihn in einer Bücherei traf. Er vertraute mir sofort und ich versprach ihm den Himmel, für eine Nacht. Er würde den Regenbogen küssen und vergessen, wer er war.

Ich habe mich für dich umgezogen. Ich trage einen roten BH, der vorne geöffnet wird, einen roten Ouvertslip, rote High Heels und schwarze Seidenhandschuhe, meine Haare sind offen und ich trage eine schwarze Augenmaske. Ich betrete das Schlafzimmer, du sitzt im Sessel und siehst mich an. Wir beide können unsere Geilheit riechen. Du reibst dir deine Hände vor Nervosität und schluckst unkontrolliert. Ich gehe zu dir hin und streichele dein Gesicht, dann beuge ich mich zu dir runter, so dass du meine prallen Titten sehen kannst, die bald den BH sprengen. Ich stelle ein Bein, mit meinem roten High Heels auf deinen nackten Oberschenkel und du lässt es dir nicht nehmen, meinen Schuh und mein Bein zu liebkosen. Nur dieser eine Anblick lässt meine Fotze nass werden. Ich trenne mich wieder von dir und lege mich auf das Bett. Ich zeige dir, wie ich mich selbst glücklich mache und das turnt dich unheimlich an. Ich streiche über meine Brüste hinunter zu meinem Bauch, reibe an meinem Bauch und gehe weiter runter zu meinem Slip. Ganz zart berühre ich die Slipoberfläche, ohne meine Fotze zu berühren, die heiß und erwartungsvoll darunter liegt. Ich spreize meine Oberschenkel und streichele meine Innenschenkel. Es ist so ein schönes Gefühl, das ich leise stöhne. Ich halte meinen Kopf zu deiner Seite und sehe dich dabei ständig an. Deine Augen, dein Mund, alles ist erregt und du starrst auf meinen Körper. Deine Geilheit scheint dich bald zu zerreißen, aber du musst noch sitzen bleiben. Ich sehe, wie dein Schwanz in die Höhe ragt. Er ist so schön hart und steif und mächtig. Du gehst mit deiner Hand an ihm rauf und runter, ich bekomme Schweißperlen auf der Stirn, dann hörst du auf und siehst mich weiter an. Ich gehe mit meinen Händen wieder nach oben streichele über meine Titten und öffne ganz langsam den BH. Deine Augen saugen sich an meinen Brüsten fest. Dann endlich habe ich den BH geöffnet und ziehe ihn langsam aus. Meine Titten sind befreit und liegen nun offen für dich da. Ich streichele meine Brustnippel, die immer härter werden. Ich stöhne auf und beginne, meine Titten zu massieren. Immer heftiger, immer fester. Dabei bewege ich mein Becken nach oben und nach unten. Ich mache meine Beine immer weiter auseinander. Du starrst mich an und leckst dir über deine Lippen. Dann wandere ich mit meinen Händen zu meinem Bauch und weiter zu meinem Slip. Ich gehe mit zwei Fingern in den Ouvertschlitz, spreize meine Schamlippen und stöhne lauter und heftiger. Meine Atmung wird immer schneller. Ich greife mit der anderen Hand nach meinem schwarzen Dildo, der auch eine Vibrationstechnik hat. Ich lecke ihn an, schön langsam, stecke ihn in meinen heißen Mund und drehe ihn dort hin und her. Dir läuft Speichel aus deinem Mund. Du wischst ihn ab und ich sehe, dass du am ganzen Körper zitterst. Langsam, ganz langsam ziehe ich ihn weder aus meinem Mund heraus, wandere damit zu meiner Fotze und lasse ihn ein kleines Stückchen in meine triefende Grotte gleiten. Bei jedem zarten Stoß stöhne ich immer lauter und heftiger. Du bewegst dich auf deinem Sessel hin und her und kannst kaum noch stillsitzen. Jetzt werden meine Stöße heftiger und ich mache meine Beine noch mehr auseinander. Ich drehe den Kopf hin und her, ich bin so sehr heiß. Mit der anderen Hand massiere ich meine Titten, dann ziehe ich den Dildo raus, führe ihn zu meinem Mund und lecke an ihm. Ich schließe die Augen, weil ich meinen Saft schmecken und genießen will. Dann führe ich ihn wieder ein und stoße immer fester zu. Ich will ihn jetzt haben, den Orgasmus, auf den ich so sehr warte. Ich stoße und stoße, bewege mein Becken im Kreis, stöhne immer lauter. Ich nehme meine Finger und reibe an meinem Kitzler, der geschwollen und heiß ist. Ich stöhne und schreie vor Geilheit, ich wälze mich hin und her. Ich spüre, wie mein heißer Saft aus meiner Fotze rinnt. Du hast Schweiß auf der Stirn, reibst deinen Schwanz rauf und runter. Ich sehe deine pralle Eichel, deinen megaharten Schwanz und will ihn haben. Jetzt. In dem Moment rast ein Tornado durch meine Fotze und durch meinen Kitzler. Ich bäume mich auf, stöhne und schreie immer lauter. Ich stoße meinen Dildo immer schneller in meine Fotze und du springst auf, entreißt mir den Dildo, gehst zwischen meine Beine, massierst meine Titten und rammst mir deinen Schwanz in meine heiße und nasse Möse und fickst mich. Du fickst mich, wie ein Wahnsinniger. Du stöhnst und drehst deinen Schwanz in meiner Fotze und ich dränge mein Becken immer fester an dich.

Ich will deinen Schwanz spüren, jeden Millimeter. Ich werde wahnsinnig, ich habe keine Kontrolle mehr über mich, du rammst ihn immer fester und tiefer rein. Du hälst meine Arme zusammen, ich kann mich nicht wehren. Es ist so geil, so heiß. Du küsst mich , wie ein Verdurstender, deine Zunge bohrt sich in meinen Mund und vereint sich mit meiner heißen Zunge, unser Speichel vermischt sich, wir schwitzen beide vor Erregung und plötzlich spritzen wir beide gleichzeitig ab. Wir bäumen uns auf, stöhnen, schreien und genießen den Hurrikan, der uns beide überfährt. Ich spüre deine heiße Ficksahne in mir drin und du spürst meinen Saft, wie sich beide vereinen. Du fickst weiter, obwohl du gekommen bist und kurze Zeit später drehe ich ab und spritze nochmal, du beschimpfst mich so geil und als du „dreckige Göttin"

rufst, spritzt du auch nochmal ab.
Es ist so gigantisch. So einmalig,
so kochend heiß.

Simon war ein älterer Mann, gut
situiert, sehr gepflegt, humorvoll
und gutaussehend. Wir trafen uns
im Park, redeten, lachten viel und
fanden uns plötzlich in meinem
Haus wieder. Er war stark und an
besonderen Dingen interessiert und
so führte ich ihn direkt in die 3.
Etage meines Hauses, die Etage für
meine Prestigekunden. Er sah sich
um, selbstbewusst und energisch.
Dabei zog er sein Jacket aus, öffnete sein Hemd und zog es sich
über die Schultern herunter. Ich
beobachtete ihn genüsslich und
war sehr überrascht, als ich seinen
nackten Rücken sah. Er war durch-
zogen, mit tiefen Furchen, die von
einer Siebenschwanzpeitsche her-
rührten. Es waren alte, aber auch
frische Wunden darunter. Ich

sprach ihn sofort darauf an: „Du liebst es, Schmerzen zu haben und sie noch lange danach zu genießen, nachdem man sie dir zugefügt hat?" Er nickte nur und sah mir dabei fest in die Augen. Seine Augen waren giftgrün und seine Oberlippe zuckte ein wenig, wenn er sprach. Ich sah ihm auf seine wohlgeformten Lippen und mich überkam ein heißer Schauer. Dann drehte ich mich um und ging an meine Vitrine, schloss sie auf und holte meine Siebenschwanzpeitsche hervor. Er sah sie und schluckte vor Gier. Ich nahm sie in beide Hände, stellte ein Bein auf die Sesselkante, hob meinen Rock ein wenig an und zog die Peitsche genüsslich durch meine Fotze. Er sah mir dabei zu und schluckte wieder. „Ich kennzeichne meine Peitschen immer, bevor ich sie benutze", antwortete ich, denn ich fühlte, was er dachte. Dann ging ich auf ihn zu, knallte einmal mit der Peitsche auf den Boden und befahl ihm, sich auszuziehen, ganz und zwar ganz langsam. „Ich will zusehen, wie du dich ausziehst", erkläret ich ihm, setzte mich auf einen Sessel und wartete. Sein Oberkörper war ja schon entkleidet, so dass er jetzt seinen Reißverschluss öffnete und seine Anzughose fallen ließ. Seinen Slip entfernte er mit einem Handgriff, ebenso seine Socken. Sein Schwanz stand wie ein Zepter und mir lief das Wasser im Mund zusammen. „Knie dich hin", befahl ich ihm. Er folgte. „Spreize deine Beine", befahl ich weiter. Ich stellte mich hinter ihn und zog die Peitsche an seinen Eiern entlang, durch seinen After, nach oben. Er brummte, daraufhin hob ich die Peitsche und zielte damit genau auf seine Arschbacken. Es knallte und er schrie auf. „Habe ich dir erlaubt, auch nur einen Mucks von dir zugeben?" fragte ich ihn. „Nein, Herrin, verzeihe mir, ich werde es nicht wieder tun." Danach ging ich zu meinem Ofen und holte, mit Handschuhe, zwei glühende Lavasteine aus dem Ofenfach. Sie rauchten an der kühlen Luft, die hier noch herrschte. Ich nahm die Steine und legte sie ihm auf die Schulterblätter. „Hier, ein kleines Leckerchen, für dich". „Genieße den brennenden Schmerz, er reinigt deine dreckige Seele", murmelte ich dabei. Er zog den Kopf hoch und presste seine Lippen zusammen. Er hatte die Augen geschlossen und ich sah, dass sein Schwanz noch immer wie eine gerade Klinge an ihm emporstand. Es roch nach verbrannter Haut, aber es war still in dem Raum. Langsam ging ich um ihn herum, dann erhob ich die Peitsche und ließ sie mit voller

Wucht auf seinen Rücken knallen. Wieder schnellte sein Kopf nach oben, aber es war kein Ton zu hören. Ich hatte Schweißperlen auf der Stirn, so sehr erregte es mich. Er sah mich an und ich ließ ihn gewähren, denn ich wollte ihm zeigen, wie nass ich inzwischen geworden war. Ich setzte mich auf einen Sessel und öffnete meine Oberschenkel. Ich öffnete sie so weit, dass er meine Fotze, meine Schamlippen sehen konnte. Mit zwei Fingern breitete ich meine Schamlippen auseinander und zeigte im meinen prallen Kitzler. Er schluckte und begann schwer zu atmen. „Sie genau hin, dass wirst du bekommen, wenn du deine dreckige Seele gesäubert hast. Obwohl du ein Verlierer bist, ein Versager, werde ich es erlauben, dass du mich fickst. Ich will von dir gefickt werden, dreckig und brutal, so wie du bist, hörst du?" und schlug wieder mit der Peitsche auf seinen Rücken. Blut lief aus den Striemen heraus und tropfte auf den Marmorboden. „Was ist das?", fragte ich erbost. „Du verschmutzt meinen kostbaren Boden. Lecke ihn sauber. Los, lecke ihn sauber". Bei den Worten trat ich ihn mit meinem Stiefel in die Seite. Er fiel um, ich stellte meinen Stiefel auf seinen Bauch und streifte sein Gesicht, mit der Peitsche. „Du gehorchst nicht, du hast viel Mut, mein Kleiner. Ich denke, du brauchst dein Gesicht noch. Los, steh auf, steh auf", schrie ich ihn an. „Knie dich hin und lecke meinen Boden sauber und meine Stiefel, aber gründlich, sonst musst du sterben, hier und jetzt". Er tat, wie ich ihm befohlen hatte und leckte den Boden sauber, ging über zu meinen Stiefeln und traute sich nicht, mich dabei anzusehen. „Brav, bist du, ganz brav......du

Memme", und schlug wieder mit
der Peitsche auf seinen Rücken.
Diesmal hielt er sich nicht zurück,
sondern schrie seine ganze geballte
Lust heraus. Er hob seinen Oberkörper, ballte seine Hände zu Fäusten und genoss den Schmerz, den
er auf seinem Rücken und auf seinen verbrannten Schulterblättern
fühlte. Dann plötzlich, ich hatte die
Zeremonie für heute beendet, griff
er meine Beine, zog sich daran
empor und warf mich auf den
Tisch. Ich war fasziniert, denn ich
liebte diese Brutalität, in dieser
aufreizenden und gierigen Sekunde. Er drückte meine Beine weit
auseinander und rammte mir seinen harten Schwanz in meine triefende Fotze. Ich schrie vor Lust
und krallte mich in seine Wunden.
Blut lief über meine Finger, ich
leckte es ab, so heiß war ich in diesem Moment. Unkontrollierbar,
wild und hemmungslos fickte er

meine Fotze, entriss mir die Peitsche, warf sie auf den Boden, riss meine Bluse in Stücke und befreite meine prallen Titten. Wie ein Verdurstender sog er sich an meinen Brustnippeln fest. Es war ein gigantischer Schmerz, den er mir zufügte. Er biss und knabberte an ihnen herum, es war der reine Wahnsinn. Er fickte mich, wie der leibhaftige Teufel. Unser Stöhnen und schreien, war wohl bis auf die Straße zu hören. Plötzlich überkam uns beide ein Orgasmus der Superlative. Unsere Körper verkrampften im Spiel der Lust, wir saugten uns an unseren Zungen fest, wir schrien, schwitzten, wir tobten in unserer Ekstase. Wir waren nicht mehr zu bändigen. Wenn es doch immer so bliebe. Die Luft im Zimmer brannte, bis ich nochmal explodierte, so heftig, dass ich ihn von mir stieß und auch er, außerhalb von meiner Fotze, abspritzte. Gigantisch, unmenschlich……

Danach ging er duschen, wusch sich sein Blut vom Rücken und zog sich an. Beim Verabschieden wollte er mich noch küssen, aber ich verweigerte mich, denn ich hatte meinen Spaß und er sollte jetzt gehen. Er verstand mich nicht, ich wusste es, aber er musste es akzeptieren. Ich war hier die Herrin und sonst niemand und wenn ich befehle; geh, dann hat er zu gehorchen. Als ich alleine war, goss ich mir ein Glas Champagner ein und legte mich auf mein Bett. Ich fühlte in mich hinein und spürte eine unbändige Lust in mir hochsteigen. Ich zog mich langsam aus und begann, mich zu verwöhnen. Ich wurde immer wilder, goss mir Champagner in meine Fotze, verrieb ihn mit meinen Fingern und lutschte den Champagner, verbunden mit meinem Mösensaft ab. Dadurch geriet ich in Ekstase und nichts konnte meine Orgasmen mehr aufhalten. Ich wälzte mich hin und her und genoss jeden Schauer, der mich überkam. Zwei Dildos halfen mir dabei, in die Unendlichkeit zu sinken. Es war phantastisch, wie ich mich danach fühlte. Nur wie lange?.......

Bei einem Spaziergang traf ich William. Er war Anfang 30, sehr sympathisch und Weinkenner. Da ich eine Weinsammlung in meinem Keller habe, traf sich das gut und ich lud ihn ein. Er sollte mir seine Meinung zu meinen Weinen sagen und wir würden davon kosten. Ich würde noch Brot und Käse dazustellen, schwarze Kerzen anzünden und kurz verschwinden, um mich umzuziehen. Ich trage gerne Leder und ich war neugierig, wie er reagieren würde.

Ich habe Weine in meinem Keller und du bist bei mir und ich biete dir einen guten Tropfen an. Du bist einverstanden, aber dazu müssen wir in den Keller, um den Wein nach oben zu holen. Du lächelst mich an und ich bin so glücklich, dass du bei mir bist. Als wir mit dem Aufzug nach unten fahren, kommst du immer näher. Ich spüre deinen heißen Atem an meinem Hals, du umfasst meine Hüften, siehst mir auf meinen Mund, öffnest deinen Mund und küsst mich so leidenschaftlich, dass mir bald die Luft weg bleibt. Der Aufzug hält und ich bin so geil, dass ich mein feuchtes Höschen spüre. Ich habe feuchte Hände vor Erregung und mir ist schwindelig, so steigt die Geilheit in mir hoch. Du stehst ganz dicht hinter mir und wir verlassen den Aufzug. Ich schließe die Kellertür auf, jetzt müssen wir noch einen schmalen Gang entlang, bis zu meiner Kellertür. Ich spüre, wie schwer du atmest, mir wird kochend heiß und plötzlich greifst du meinen Arm und drückst mich mit Gewalt an die Kellerwand. Ich vergehe vor Lust, ich liebe das, wenn jemand so brutal ist. Du machst mit deinem Bein meine Beine auseinander. Du weißt, dass ich ein Ouverthöschen anhabe, also steht deinem Schwanz nichts im Weg. Ich bin so heiß auf dich und zittere am ganzen Körper vor Geilheit. Du drückst mich immer fester an die Wand, Du hebst meinen Rock kurz hoch, siehst mich an, siehst auf meinen Mund und rammst mir deinen geilen Schwanz in meine triefend nasse Fotze. Ich stöhne auf, immer lauter und du fickst mich. Dann hälst du inne und siehst mich an, lächelst. Ich flehe dich an, weiter zu machen, aber du hälst still. Du hast meine Arme fest im Griff, ich kann

mich nicht wehren. Dann, eine ge-
fühlte Ewigkeit später, fickst du
mich weiter. Härter und geiler als
jemand anders zuvor. Du bist wie
von Sinnen. Ich schreie und stöhne, ich halte es nicht mehr aus. Du
lässt einen Arm von mir los und
reißt mir meine Bluse auf, greifst
nach meinen Titten und zerrst sie
aus dem BH. Dann lutscht du sie,
leckst sie, als wenn du verdursten
würdest. Ich stehe kurz vor einer
Ekstase. Ich habe Schweißperlen
auf der Stirn. Ich bin so geil, dass
ich orientierungslos bin. Ich will
nur deinen harten Schwanz in mir
spüren und deine Ficksahne genießen, die du gleich in mich rein-
spritzt. Du stöhnst und leckst gierig meine Brustnippel und rammst
mir deinen Schwanz immer wieder
hart in meine nasse Fotze. Dann
kann ich nicht mehr, ich werde
überrollt von einem, von zwei, von
drei Orgasmen hintereinander. Ich

spritze so viel Saft ab, dass meine Möse schwimmt. Du brennst innerlich, siehst mich an, stößt weiter zu, öffnest deinen Mund und schreist deinen Orgasmus raus, immer lauter, immer heftiger. Du spritzt mir deine heiße Ficksahne in meine Fotze, ich spüre den Strahl, den harten Strahl deiner Geilheit. Du hörst nicht auf zu ficken, wir beide drehen ab, ich taumel von einem Orgasmus in den anderen. Es hört nicht auf. Ich spüre wie dein Schwanz wieder hart wird, in mir. Du rammst mir deinen Schwanz immer heftiger rein und dann plötzlich schreist du wieder auf, stöhnst, hälst dich an mir fest, denn ein Megaorgasmus, ein Tornado der Gefühle reißt dich mit und fast auseinander. Es ist so gigantisch zuzusehen, wie du abspritzt. Unsere Geilheit wird immer härter, stärker und gnadenloser. Wir haben das Feuer in der

Hölle der Lust entfacht und verbrennen beide darin. Immer wieder
und wieder.

Sebastian lernte ich im Park kennen. Wir beide waren dermaßen
heiß aufeinander, dass wir es nicht
bis nach Hause geschafft haben.
Wir liebten uns hinter Bäumen, in
Gebüschen und es war so herrlich.
Wir mussten leise sein und das war
noch geiler, denn ich muss alles
rausschreien, meine Leidenschaft,
meine Gefühle. Er drückte mir seine Hand auf meinen Mund und ich
drehte durch vor Geilheit. Er nahm
mich von hinten und ich schwitzte
vor Gier nach ihm. Ich wollte ihn
verschlingen, ich fand kein Ende.
Ich hätte ihn getötet, wenn er gesagt hätte, er kann nicht mehr. Ich
dulde so etwas nicht, niemals.
Aber er war sehr einfühlsam und
leidenschaftlich, Er nahm mich an
diesem Nachmittag mehrmals. Er

fickte mich heftig, brutal, zärtlich und wild. Ich habe es genossen, immer wieder und dann nahm ich ihn mit nach Hause, denn wir mussten uns frisch machen. Fatal, wer dann mit mir geht......

Wir beide stehen unter der Dusche nach einem Abend voller Sex, Geilheit und Samenergüssen der Superlative. Ich stehe vor ihm und habe einen weichen großen Schwamm in der Hand, mit viel Schaum und beginne von unten an, seine Füße abzuwaschen. Dafür muss ich in die Hocke gehen. Es ist sehr eng in meiner Dusche, aber ich liebe das. Ich beginne also bei seinen Füßen, komme dann höher zu seinen Oberschenkeln, Innen-schenkeln und mache Halt an sei-nen Eiern. Sie haben mir so viel Ficksahne gespendet, dass sie es verdient haben, eingeschäumt zu werden. Zwischendurch küsse ich sie und sauge erst an dem einen und dann an dem anderen Ei. Sie riechen so gut und schmecken so gut nach ihm. Ich bin so heiß und geil, dass ich anfange zu zittern. Dann gehe ich zwischen seine Beine und will seine Pobacken und seinen After waschen. Er genießt es und stöhnt leise auf. Ich bin sehr gründlich beim Waschen und er liebt es. Dann bekomme ich Appetit auf seinen harten, geilen Schwanz der sich mir schon entgegenstreckt. Ich brauche nur meinen Mund zu öffnen und schon führt er ihn selber ein. Er ist so warm und schmeckt nach mir. Ich lecke seine Eichel, sauge an ihr, lutsche ihn rundherum ab und sauge wieder an ihm. Dann untersuche ich mit meiner Zungenspitze die Öffnung in seiner Eichel, woraus ich die Ficksahne bekomme. Er stöhnt und hält sich an meinem Kopf und an den Duschwänden fest. Er zittert, seine

Beine zittern, er ist so geil auf mich. Ich lege den Schwamm beiseite, greife mir seine Aschbacken, knete sie und blase seinen Schwanz, so dass er den Kopf nach hinten wirft und laut stöhnt. Nach einiger Zeit stehe ich auf, suche seine Zunge und küsse ihn. Sein Schwanz ist so hart und steif, dass er ihn mir in meine geile und nasse Fotze steckt. Er bewegt sein Becken in einem Rhythmus der mich verrückt macht. Ganz langsam auf und ab. Diese Bewegung löst in mir eine Ekstase aus. Ich stöhne und werde immer wilder. Ich halte mich an seinen Hüften fest, ein Finger von ihm sucht meinen Kitzler, der gleich zu platzen droht. Er massiert ihn nur kurz, denn plötzlich spüre ich meinen Saft, in meiner heißen Fotze, ich komme und spritze dermaßen ab, dass ich wanke und laut schreie und stöhne. Es ist der Wahnsinn. Er bewegt seinen

Schwanz in meinem Inneren hin und her, küsst mich weiter leidenschaftlich, saugt plötzlich meine Zunge an und spritzt seine Ficksahne mit so einem Druck in meine Fotze, das ich sie genau spüren kann. Er fickt noch eine Zeit weiter, ich halte es nicht durch und spritze wieder, Dann rutsche ich runter und will ihn auch noch mal kommen lassen und sauge und lutsche an seinem heißen Schwanz, der nach meinem Saft schmeckt. Er wühlt in meinen Haaren, drückt seinen Schwanz tiefer in mein Fickmaul, stöhnt auf und spritzt nochmal ab, gigantisch, maßlos, heiß. Ich liebe es so sehr.

Karl war ein sehr netter deutscher Tourist. Er war sehr freundlich und amüsant. Wir trafen uns zufällig, als ich ihn bald umrannte. Ich schaute auf mein Handy und er auch und so sind wir beinahe zusammen gestoßen. Es war lustig. Als wir so nahe beieinander standen, sahen wir uns in die Augen und mein Feuer in den Augen hat ihn fasziniert. Wir sprachen nicht viel und er ging mit mir mit. Ich sagte ihm aber, dass ich Lust auf 69 hätte. Er war einverstanden. Ich liebe Männer, die gehorchen.

Du kniest mit gespreizten Beinen über meinem Gesicht. Dein geiler Schwanz steht genau vor meinem Gesicht und deine warmen Eier hängen lustvoll und erwartend über meinem Mund. Ich rieche deinen Duft, dein Duft nach Sex und Wollust. Deine Schambehaarung macht mich wahnsinnig. Sie fühlt sich so geil an. Ich nehme deinen Schwanz in meine Hand und reibe an ihm, vom Schaft hoch zu deiner prallen Eichel, die schön glänzt. Er wird immer größer und härter. Ich lecke an deiner Eichel und stecke meine

Zungenspitze in das Loch, wo mich nachher dein Saft begrüßen wird. Ich habe Durst nach ihm, großen Durst. Ich knete deine Eier, erst sanft, dann etwas fester. Ich will deine Sahne wachrütteln und sie spritzfähiger massieren. Es ist so viel in deinem Sack, was mir gehört. Du beugst dich runter und massierst meine Titten, knetest meine Nippel. Ich habe meine Beine weit geöffnet und du kannst mit deinem Finger meinen harten und heißen Kitzler spüren. Bei jedem darüber streicheln zucke ich zusammen und stöhne laut auf. Er ist so heiß und geil. Ich nehme deinen Schwanz und führe ihn tiefer in meinen Mund. Meine Zunge umspielt ihn, meine Zähne beißen zärtlich an deiner Haut, mein Gaumen presst deine Eichel zusammen. Als ich ihn etwas rausziehe, begrüßt mich schon etwas Saft von dir. Er ist heiß und saftig.

Mit meinen Lippen drücke ich deine Eichel etwas zusammen und beginne langsam zu saugen. Du stöhnst und massierst meine Brüste.

Ich bewege mein Becken im Kreis, ich habe furchtbare Lust und meine Gier lässt mich immer schneller atmen und lecken und saugen. Ich umklammere deinen Schwanz, massiere deine Eier und bediene abwechselnd, mit einem Finger, dein Arschloch. Es ist so warm und durch meinen Speichel, den ich auf meinen Finger geleckt habe, ist es schön feucht und ich kann meinen Finger tiefer einführen. Ich verliere den Verstand vor lauter Lust. Du machst mich fertig. Es ist so geil zu hören, wie es dir gefällt und wie du abgehst. Dann nimmst du deine Finger und führst sie in meine heiße Fotze ein. Ich bäume mich auf, du reibst immer wieder an meinem dicken Kitzler, bis ich schreie, schreie, vor unbarmherziger Gier. Du fickst mein Fickmaul, in dem Rhythmus, wie du deine Finger in meiner Möse rein und rausziehst und wieder hemmungslos reinrammst. Ich lutsche immer schneller, drehe mein Becken immer heftiger und drücke es an deine Finger, die in mir sind. Ich stöhne laut auf, verliere die Kontrolle und spritze ab. Ich spritze dermaßen heiß ab, dass du es an deinen Fingern spüren kannst. In dem Moment kannst du dich auch nicht mehr halten und schleuderst mir deine heiße Sahne in mein Fickmaul. Du schreist und stöhnst und spritzt unaufhörlich, immer mehr. Ich sauge weiter, was dich wahnsinnig macht. Ich sauge dich aus und plötzlich kommt noch ein Orgasmus in dir hoch. Ich liebe es, wenn du unbarmherzig abspritzt. Danke dafür…..

Belmondo war rassig, verführerisch und sehr stark. Genau meine Kragenweite. In meiner Phantasie sah ich uns beide schon in den schönsten Stellungen. Immer geil und gierig aufeinander. Ich habe Lust ihn zu fesseln, er hatte nichts dagegen. Es hätte sowieso nichts geholfen. Es ist mein Wille und der wird respektiert. Immer.

Ich trage meine schwarzen Overknee-Lackstiefel, einen schwarzen Lackleder-Minirock, einen Lackleder-BH, wo meine Brüste oben auf liegen, zum Naschen und schwarze Latexhandschuhe, die bis zu den Ellenbogen reichen und meine schwarze Augenmaske. Ich bin dermaßen heiß und geil, dass mir das Wasser im Mund zusammen läuft. Ich sehe dich an und meine Phantasie fährt Rennen.
Dich habe ich auf dem Bett gefesselt, an den Händen und an den

Füssen. Deine Arme und Beine sind weit auseinander und ich stehe vor dem Bett. Ich berühre mit meinen Latexhandschuhen deinen Körper und streichele ihn von den Zehenspitzen an, bis zu deinem Kopfhaar. Du hast die Augen geschlossen und genießt jeden Zentimeter, den ich mit den Handschuhen berühre. Du bist so geil, dein Schwanz steht in voller Pracht und will mich ficken, aber er darf es nicht. Ich berühre deine warmen Eier und massiere sie sanft, du stöhnst leise auf. Ich knie mich zwischen deine Beine und komme mit meinem Oberkörper in die Höhe deines Kopfes, so dass ich dir meine heißen und prallen Titten genau vor die Augen halte. Deine Zunge will meine harten und erregten Nippel lecken, aber in dem Moment, wo du deine Zunge rausstreckst, ziehe ich meine Titten wieder zurück. Du atmest schneller und bewegst dein Becken auf und ab. Ich bin nackt unter meinem Lackminirock und könnte mir deinen heißen Schwanz reinrammen, aber ich will es noch nicht. Ich bewege meinen Oberkörper etwas runter, so dass ich deinen Oberkörper mit meinen Titten streichele. Ich bewege mich wie eine Schlange über dir, mein rechter Oberschenkel berührt deine Eier und drückt sie etwas zusammen. Du stöhnst leise und beißt dir auf die Lippen, vor Wonne. Dann gehe ich noch weiter runter und lecke dir deinen Bauchnabel aus, noch weiter runter bin ich am Paradies angekommen. Du hebst deinen Kopf, um mir zuzusehen. Ich lecke mir die Lippen und berühre mit meiner Zunge die Eichel deines aufrecht stehenden Schwanzes. Mit meiner Zungenspitze bohre ich in dem kleinen Loch, wo gleich deine Ficksahne rauskommen wird, für mich. Du schluckst und fängst an schwer zu atmen. Ich bin so geil und heiß, das ich anfange zu schwitzen. Dann öffne ich meinen Mund weiter, um deinen Schwanz etwas tiefer aufzunehmen, ich umschließe deinen Schwanz fest mit meinen Lippen und drücke ihn tiefer rein, und wieder etwas raus. Diese Bewegung mache ich ein paar Mal und merke, wie deine Haut feucht wird. Du stöhnst und versuchst dich zu drehen. Ich wichse deinen Schwanz mit meinem Fickmaul, du drehst langsam ab. Ich lutsche und beiße zärtlich an ihm herum, dann lecke und sauge ich wieder weiter. Du drückst mir deinen Unterkörper entgegen, weil du mein Fickmaul ficken willst. Aber ich habe jetzt Lust, dass du mich richtig fickst. Ich lasse ab von deiner Köstlichkeit und setze mich langsam auf deinen Schwanz. Dazu hebe ich meinen Lackminirock etwas hoch, setze mich breitbeinig auf dich und führe ihn genüsslich ein. Ich stöhne auf, weil es so geil ist, dich zu spüren und ich so nass bin, dass meine Fotze Geräusche macht, als ich ihn einführe. Dann bleibe ich erst einmal auf dir sitzen und bewege mich nicht. Du wirst verrückt und bäumst deinen Unterkörper auf, weil du ficken willst. Nach einer kurzen Zeit reite ich weiter und massiere dabei meine erregten Titten Du siehst mich an und leckst dir die Lippen, Schweißperlen laufen an deinen Schläfen herunter. Du stöhnst und stöhnst. Ich reite immer schneller auf und ab und kreise mein Becken mit deinem Schwanz in mir. Als ich schneller auf und ab reite schreist du kurz auf und spritzt mir deine Ficksahne mit großem Druck in meine heiße Fotze. Im selben Moment platze ich dermaßen, dass mein Saft deinen Schwanz innerlich wegdrückt. Wir beide stöhnen und schreien vor Lust und Gier. Ich reite weiter, dabei löse ich deine Fesseln, du beugst dich hoch wirfst mich von dir runter, nimmst meine Haare und willst, dass ich mich hinknie, dann gehst du hinter mich und fickst meinen Arsch. Du lachst vor Geilheit dreckig, als du ihn in mein Arschloch reinrammst. Ich zucke zusammen, bäume mich auf und schreie meine Gier heraus, du fickst mich und knetest meine Titten, du wirst immer schneller, hälst meine Hüften fest, umklammert, stöhnst, schreist und spritzt wieder ab. Es ist unglaublich geil mit dir. Mein Kitzler ist geschwollen. Du ziehst deinen Schwanz raus, wirfst mich auf den Rücken, drückst meine Beine auseinander und leckst meinen Kitzler und meine Fotze, bis ich laut aufschreie vor Wonne und Lust und abspritze. Ich drehe mich hin und her, aber deine Zunge bleibt an meiner Fotze. Ein Orgasmus, der zweite Orgasmus und der dritte Orgasmus überrennen mich. Dann sinken wir beide zusammen und küssen uns leidenschaftlich. Danke dafür.

Marco traf ich in einem Bistro. Er bestellte sich einen Espresso und sah mich. Ich war so heiß, dass ich keine Zeit und keine Worte verlieren wollte. Ich nahm einfach seine Hand und ging mit ihm zur Tür, mit den Worten: „keine Angst, ich will nur spielen…"

Du stehst nackt auf allen vieren auf meinem Bett und ich hinter dir. Du streckst mir deinen Hintern entgegen, ich befeuchte einen Finger von mir und gehe zwischen deinen Arschbacken langsam entlang. Dann suche ich deine Öffnung und gleite vorsichtig hinein. Du stöhnst leise auf. Es ist warm in deinem After. Ich ziehe den Finger heraus und lecke genüsslich daran. Meine Fotze ist triefendnass und ich zittere vor Erregung. Dann gehe ich mit meiner Zunge zwischen deine Arschbacken und lecke dich, so dass du lauter stöhnst. Ich spüre, wie deine Haut feucht wird, vor Erregung. Das macht mich noch heißer. Ich atme immer schwerer, meinen Kitzler darf ich nicht berühren, denn er steht kurz vor dem Platzen. Ich sehe ihn vor mir: dick und rot und glänzend und geil. Nachdem ich dich geleckt habe, streiche ich langsam und mit etwas Druck über deine Arschbacken, ich knete sie und dir gefällt das. Dann rutsche ich runter, mit meinen Händen, und massiere deine wundervollen warmen Eier. Es duftet nach Sex und Gier und ich massiere sie mit einer so großen Wollust, das mir das Wasser im Mund zusammen läuft. Dann fühle ich deinen Schwanz. Er ist hart und prall. Er wartet auf mich, ich weiß es. Du wirst immer lauter und unruhiger. Ich fange an zu Schwitzen, so heiß bin ich. Ich ziehe deine Vorhaut zurück, ganz langsam, schiebe sie wieder drüber, nehme deinen geilen Schwanz fest in meine Hand und fange an zu wichsen. Du willst dich aufbäumen, aber ich drücke dich wieder runter. Ich werde immer schneller und intensiver. Du wehrst dich, als ich dich wieder runterdrücken will. Ich wichse und massiere deine Eier. Du wirst langsam wahnsinnig. Du stöhnst und zitterst, ich drehe bald durch. Dein Schwanz fühlt sich so geil an, in meiner Hand. Ich wichse immer schneller, dann schreist du auf, kommst hoch, drehst dich blitzschnell um und wirfst mich auf den Rücken. Noch ehe ich gucken kann, rammst du deinen Schwanz in meine nasse und bettelnde Fotze. Du schreist: „Du dreckige Nymphe, du hast dir meine Ficksahne verdient. Ich gebe sie dir, alles gebe ich dir. Ich fick dich bis du ohnmächtig wirst." Du rammst deinen Schwanz immer heftiger in meine Möse, ich komme dir mit meinem Becken immer entgegen, es ist so geil, du bist so brutal. Ich genieße jeden Stoß von dir. Dann plötzlich halte ich es nicht mehr aus, ich spritze ab und schreie und stöhne, bäume mich auf, drehe mich nach allen Seiten. Es überkommt mich ein heißer Orgasmus, ein Megagefühl. Im gleichen Augenblick schießt du mir deine Sahne in meine Möse, so dass ich den Druck spüre. Du stöhnst so laut, vor Gier und Lust. Es ist gigantisch. Wir beide spritzen so heftig ab, dass unsere Säfte aus meiner

Fotze laufen. Es ist so geil, so mega geil, mit dir.

Es war an einem Donnerstag, im Mai, als es an meiner Tür läutete. Mein Diener öffnete und sah draußen einen Mann stehen, der sehr nervös wirkte, schwer atmete und ihn fragte: „Kann ich bitte Annabelle sprechen?" Mein Diener sah ihn verwundert und ernst an und erwiderte: „Lady Annaballe ist nicht zugegen und wird erst später weder hier eintreffen." „Kann ich auf sie warten?", fragte er verlegen. „Nein, das ist nicht möglich. Kommen Sie später wieder, dann ist sie wohl wieder da." Geknickt drehte sich der Mann um und verschwand. Ich stand auf dem obersten Treppenabsatz und hatte alles mit angehört. „Wer war das?", fragte ich. „Wenn Sie es nicht wissen, Lady Annabelle, ich weiß es dann ganz bestimmt nicht und ich

dachte es mir auch.....irgendwie",
murmelte Sebastian, mein Diener.
„Was dachten Sie, Sebastian?",
fragte ich ihn. „Dass Sie dieses
Individuum nicht kennen, verzeihen Sie bitte", antwortete er. „Ist
schon gut, er wird ja wieder kommen und bis dahin überlege ich,
wer es sein kann", dachte ich laut
vor mich hin.

Es vergingen jedoch drei Tage,
bevor es wieder an der Tür läutete.
Sebastian öffnete und der Mann
stand wieder vor ihm. In dem
Moment stieg ich die Treppe hinab
und ging ebenfalls zur Tür. „Guten
Tag, Monsieur...?", begrüßte ich
ihn fragend. „Mein Name ist Pierre
Gerot, ich komme aus Paris und
muss mit ihnen reden." sagte er
hastig. „Nun, Pierre, dann treten
sie ein", forderte ich ihn auf und
zeigte mit einer Handbewegung zu

den Sesseln, in der Vorhalle. Schüchtern und zögernd trat er ein und folgte mir. Wir setzten uns und ich bat ihn, doch zu erzählen, was er auf dem Herzen hat. Er wirkte sehr nervös und um die Stille zu brechen, fragte ich ihn: „ Sie wissen, wer ich bin?" Er nickte und lächelte dabei. So, das war geklärt, aber was wollte er von mir? Er räusperte sich und begann zu erzählen: „Ich bin Geschäftsmann und viel unterwegs, ich bin verheiratet, schon sehr lange, eigentlich glücklich, aber…..ich habe meine Frau betrogen." „Nun, das ist nicht gut, wenn sie sie lieben, dann ist das ungerecht", mahnte ich ihn. „Mit wem haben sie denn ihre Frau betrogen, mit einer Freundin?", fragte ich ihn. „Nein", flüsterte er. „mit ihnen". „Mit mir? Wie soll das gehen, ich kenne sie gar nicht", antwortete ich heftig. „Bitte, bestrafen sie mich dafür, für meine Untreue. Alles was sie wollen, tue ich. Seien sie brutal und gemein zu mir. Ich habe es verdient", bettelte er förmlich. „Wenn ich sie brutal bestrafe, könnte es passieren, dass ich sie töte. Wollen sie das?" fragte ich ihn. „Ich will alles, es ist mir egal, nur, bestrafen sie mich für alles", flehte er mich an. Ich stand auf und ging langsam die Treppe zur ersten Etage hoch. Als er mir folgen wollte, ließ ich ihn wissen, dass er warten solle. Er blieb stehen und sah mir sehnsüchtig nach. Etwas später kam ich zurück. Er sah mich an und schluckte. Ich hatte mich umgezogen. Ich trug eine schwarze Augenmaske, ein schwarzes Lackleder Cat-Suit, Overkneestiefel, lange Latexhandschuhe und meine Siebenschwanzpeitsche, die er sehnsüchtig mit seinen Blicken streichelte. Ich stellte mich vor ihn hin und sagte zu ihm: „Du folgst mir jetzt, hälst deinen Mund und redest nur, wenn du gefragt wirst. Wenn wir unten im Kellergewölbe sind, ziehst du dich aus und stellst dich an die Wand und befolgst alle meine Befehle, sonst töte ich dich." Er schwieg und las mir die Worte von meinen Lippen ab, Schweißperlen zierten seine Stirn und er zitterte vor Gier. Es machte mir Spaß, ihn zu bestrafen, denn er wusste nicht, was auf ihn zukam. Er ahnte nicht, dass er nun die Hölle betrat und dem Teufel begegnen würde. Mir. Als wir die Treppen zum Keller hinunterstiegen, bemerkte ich, dass er noch nervöser wurde. Als wir ankamen, meinte er plötzlich: „Was riecht denn hier so streng?". Das war die erste Befehlsmissachtung von ihm. Ehe er sich versah, streifte meine Peitsche seine Schulter und er schrie auf. Ich sah ihn verwundert an, denn er schrie, weil er Schmerzen hatte?

Sein Aufschrei war die zweite Missachtung und ich schlug ihn ins Gesicht. Er presste die Lippen zusammen und ließ sich auf den Boden fallen. „Hier herrschen meine Gesetze, halte sie ein oder gehe", drohte ich ihm. Er schwieg und sah mich nur an. „Steh auf und ziehe dich aus und beeile dich, ich werde ungeduldig", befahl ich ihm. In Windeseile stand er auf und riss sich die Kleidung vom Körper. Alles, was er anhatte warf er auf den Boden. Keine gute Wahl. Ich knallte mit meiner Peitsche auf den Boden und signalisierte ihm, dass ich das nicht dulde. Ich zeigte mit dem Finger auf einen Herrendiener und forderte ihn auf, seine Kleidung dort ordentlich aufzuhängen. Als er fertig war, stellte er sich an die Wand und blickte zu Boden. Sein Schwanz hing schlaff, wie eine Tüte, an ihm herunter. Das machte mir keinen Appetit. „Breite deine Arme zu den Seiten aus und deine Beine genauso", befahl ich ihm. Als er dies getan hatte, betätigte ich einen Knopf und 4 Stahlhandschellen, die ungefähr 15 cm breit waren, schossen aus der Wand und schlossen sich blitzschnell um seine Hand- und Fußgelenke. Er zuckte zusammen und schluckte. „Lehne deinen Kopf mehr an die Wand", rief ich ihm zu und drückte wieder auf einen Knopf. Mit einem zischenden Geräusch fuhr eine Halsschelle, die ebenfalls so breit war, wie die anderen und schloss sich um seinen Hals. Sein Kopf lief rot an und ich bemerkte hämisch, ob sie ihm zu weit wäre. Er antwortete nicht, er hatte begriffen, was sonst geschehen würde. Ich trat auf ihn zu und nahm seinen Schwanz in die Hand und schüttelte mit dem Kopf. „Du pinkelst wahrscheinlich nur damit, oder?" fragte ich ihn. Er sah auf den Boden und sagte nichts. Dann trat ich ein Stück zurück und rief: Heros….Die Tür ging auf und mein bester Freund, ein dreijähriger Rottweiler kam auf mich zugelaufen. Pierre sah mich verzweifelt an und ich sah, dass er schwitzte. Heros setzte sich direkt vor ihn hin und begann zu knurren. „Er passt auf dich auf. Ist er nicht nett?" betonte ich und streichelte ihm über den Kopf. Als nächstes stellte ich mich direkt vor Pierre und spielte mit meiner Peitsche. „So, du warst sehr ungerecht zu deiner Frau. Du hast sie betrogen und verletzt." Bei jedem meiner Worte schlug ich mit meiner Peitsche auf ihn ein und schrie: „Los, zeig mir, dass du bereust. Oder ist dir die Strafe zu lasch? Heros könnte deinen Schwanz kosten, du brauchst ihn doch sowieso nicht mehr, oder?" Pierre windete sich in den Schellen und schrie seine ganze Lust raus.

Schweiß tropfte von seinem Körper auf den Boden, seine Muskeln waren zum Platzen angespannt. Das gefiel mir. „Sing mir ein Lied, die französische Hymne, sing sie laut und deutlich", und wieder schlug ich zu. Er sang und schrie, stöhnte und kämpfte mit den Schellen. Plötzlich stand sein Schwanz wie ein Zepter. Blut lief an seinem Körper runter, er hatte Höllenschmerzen. Ich ergötzte mich an seinen Qualen, die er von mir eingefordert hatte. Doch ich bekam auch Lust, große Lust, gefickt zu werden. Ich schob einen Sessel direkt vor ihn hin und setze mich halb drauf. Dann öffnete ich meine Oberschenkel ganz weit und öffnete die Druckknöpfe an meinem Anzug. Pierre hörte auf zu schreien und stöhnte nur noch vor lauter Gier. Ich spreizte meine Schamlippen und zeigte ihm meinen prallen Kitzler. Ich warf den

Kopf in den Nacken, massierte meinen Kitzler und stöhne leise auf. Ich leckte meine Lippen, ließ die Peitsche fallen und öffnete auch meine Knöpfe vom oberen Teil des Anzugs. Als sie geöffnet waren, quollen meine prallen Titten heraus. Ich streichelte und massierte jede einzelne Brust und stöhne noch lauter. Meine Fotze war so nass, so unendlich nass und meine Gier stieg ins Unermessliche. Er sah mich an, das geilte mich noch mehr auf. Sein Mund war halb geöffnet und ich fragte ihn: „Soll ich die Schellen lösen? Wirst du mich dann bestialisch ficken wollen? Deine Herrscherin, deine Königin, den Teufel?" Er bejahte jede Frage und zog ungeduldig an den Schellen. Ich drückte auf zwei Knöpfe und die Schellen lösten sich. Mit letzter Kraft und doch gierig, wie ein Tier lief er auf mich zu. Er nahm mich hoch und warf mich auf einen Tisch, drückte meine Beine auseinander und rammte mir seinen geilen und harten Schwanz in meine kochend heiße Fotze. Er fickte mich, wie ein Besessener. Ich hob ab, so geil war ich. Dann zog er seinen Schwanz raus, drehte mich um und fickte mich in meinem Arsch. Ich schrie, stöhnte, hechelte vor Lust und Gier. Ich hatte die Ekstase erreicht, ich war nicht mehr zu kontrollieren. Er schrie bei jedem Stoß: „Ich begehre dich meine Herrin, ich will dich, meine Königin. Ich bin dein ewiger Sklave, für immer". Es war so geil und bestialisch gut. Als wir fertig waren, befahl ich ihm, sich anzuziehen, schnell und mein Haus zu verlassen, bevor ich ihn töten würde. Er sah mich nur an und stutzte, während ich meine Peitsche aufhob und zur Treppe ging. „Der Geruch…Andere waren nicht schnell genug, stimmt´s?" fragte er. „Mach, das du mein Haus verlässt, wenn dir dein Leben lieb ist", zischte ich. Er raffte alles zusammen und rannte die Treppe, so schnell er konnte, nach oben. Dort stand schon Sebastian und öffnete ihm die Tür. Er verschwand auf nimmer Wiedersehen. Er war sehr klug gewesen, dachte ich und zog mich zurück.

Vor vielen Jahren hatte ich einen jungen Mann zur Sklavenausbildung, in meinem Haus. Er war sehr intelligent, aber was noch viel wichtiger war, er war willig und bereit, alles zu erlernen und alles zu ertragen, was ich ihm beibringen würde. Er gefiel mir, ich muss es zugeben, obwohl er sehr jung war, zarte 20 Jahre alt, war er. Ein Unschuldslamm, aber wild entschlossen, von mir ausgebildet zu werden und mir zu dienen. Leider konnte ich ihn nicht behalten, denn eine andere Herrin, am Ende der Stadt, hatte ihr Begehren bekundet und da sie eine alte Freundin, von mir, war, gab ich nach. Es hat mir sehr viel Spaß gemacht, die Ausbildung und die Belohnung, die ich genoss, weil ich, wie er sagte, eine göttliche Herrscherin sei. Ich trank dieses Kompliment und schloss es in meinem Herzen ein. Adieu, geliebter Sklave Roman.

Ich trug schwarze Lacklederstiefel, bis über dem Knie, hoch zu meinen Oberschenkeln. Meine Oberschenkel waren, wie immer, sehr heiß. Dann trug ich einen schwarzen Spitzen Ouvertslip, den ich schon mehrere Tage anhatte, damit er meinen geilen Duft aufnehmen konnte.
Meine Brüste lagen in einem schwarzen Leder-BH, der geschlossen war, aber meine Brust-

warzen waren ausgeschnitten, so dass du meine harten Nippel lecken, lutschen und beißen konntest. An den Armen hatte ich lange schwarze Lacklederhandschuhe, mit Nieten. An meinem Metallgürtel hingen Handschellen und meine Siebenschwänzige Peitsche. Außerdem trug ich eine schwarze Augenmaske. Um den Hals hatte ich eine Liebeskugel aus Silber. Sie hat meine nasse und gierige Fotze schon oft glücklich gemacht. Er war, damals, meine Liebeskugel.

Ich binde dir ein Halsband um, du sitzt auf allen Vieren, du bist nackt und ich führe dich zu einem Tisch Du bist heiß und ungeduldig. Du willst mich lecken und Speichel läuft aus deinem Mund. Ich setze mich auf den Stuhl und öffne meine Oberschenkel. Du sitzt genau vor mir und siehst meinen prallen

Kitzler und meine Liebesgrotte, wie mein Eingang etwas geöffnet ist und meine weichen Schamlippen, die glänzen, weil sie so nass sind. Ich ziehe die Leine etwas strenger fest und führe deinen Kopf zu meiner Fotze. Ich zittere vor Erregung am ganzen Körper. Ich werfe meinen Kopf in den Nacken und stöhne laut auf, in Erwartung deiner Zunge. Ich mache meine Beine noch mehr auseinander und du beginnst, mich zu lecken.

Ich bin dem Wahnsinn nahe. Du darfst deine Hände nicht benutzen, so dass ich meine geilen Schamlippen selbst etwas auseinander machen muss., damit du meinen prallen Kitzler noch intensiver lecken kannst. Du spitzt deine Zunge und leckst mich auch in meiner heißen Grotte, ganz tief. Ich stöhne und schreie, vor lauter Lust und

Gier. Ich sehe dabei, wie dein Schwanz, wie ein Speer steht und ich lecke mir die Lippen, ich habe Schweiß auf der Stirn. Ich will ihn anfassen. Ich reiße an der Leine und ziehe deinen Kopf von meiner Fotze weg. Du knurrst, weil es dir nicht gefällt, dass ich dich wegziehe. Ich greife nach deinem harten Schwanz und knete ihn. Ich lecke mir die Lippen wieder und stöhne laut auf. Deine warmen Eier machen mich wahnsinnig, ich will sie lecken, aber ich tue es nicht. Du schwitzt und stöhnst. Ich stehe auf und halte dir einen Stiefel vor das Gesicht. Du leckst meinen Stiefel. Ich werde immer heißer und bin kurz vor dem Durchdrehen. Dann lege ich mich auf den Tisch, aber nur den Oberkörper, meinen Arsch strecke ich raus und fordere dich auf, ihn zu lecken. Du kommst etwas hoch und tust es. Du tust es und leckst mich, als wenn du am

Verdursten wärst. Ich genieße es und schreie vor Glück und Ekstase Ich bin am Rande einer Ohnmacht Du wirst immer wilder und zitterst, weil du mich lecken darfst. Ich erlaube es und habe die Situation nicht mehr unter Kontrolle. Du erhebst dich plötzlich und drehst mich mit Gewalt um, legst mich weiter auf den Tisch, ziehst meine Hüften näher zu dir hin, baust dich vor mir auf und rammst mir deinen Schwanz, ohne ein Wort, in meine triefende Fotze. Sie schwimmt, vor lauter Lustsaft. Du stößt immer stärker zu, stöhnst, schreist und greifst nach meinen prallen Titten, die rauf und runter wippen. Du massierst sie, ich schreie vor Lust, nehme meinen Daumen in den Mund, und denke es wäre dein Schwanz. Ich sauge und lecke an ihm, du siehst es dir an, stöhnst, schreist auf und spritzt mir deinen heißen Saft, mit so einem enormen

Druck in meine Fotze, dass ich den Saft spüren kann. Ich explodiere dann dermaßen, dass mir schwindelig wird und ich kralle mich an dir fest, stöhne und schreie die Ekstase raus Wir schwimmen in deinem und meinem Saft, du bist so heiß, so unermesslich heiß, mein Sklave...... du warst göttlich.

Baptist habe ich mit nach Hause genommen und ihn dort verführt. Ich traf ihn auf dem Fischmarkt. Dort gehe ich gerne hin, trinke Wein, koste von dem köstlichen Fisch, der dort angeboten wird und lasse mich treiben. Ich lasse meine Lust raus, meine Gier und plötzlich sah ich ihn. Ich musste ihn haben, jetzt und er gehorchte mir.

Ich zünde schwarze Kerzen an, die in roten Seidenschalen stehen. Ich habe Strapse und Netzstrümpfe an. Alles in rot und schwarz. Ich habe einen BH an, der meine Brüste oben drauf liegen lässt. Außerdem trage ich rote Pumps mit hohen Absätzen. Meine Haare trage ich offen, damit du darin wühlen und du dich reinkrallen kannst. Ich berühre dich mit schwarzen Netzhandschuhen

Dann komme ich zu dir und streichele dein Gesicht. Du schließt die Augen und atmest ruhig. Ich streichele mit meinen Fingern über deine Augen, deine Nase und deine Lippen. Ich berühre deine Lippen mit meinen Lippen, die vor Lust ganz heiß sind. Meine fordernde Zunge sucht den Weg zu deiner Zunge, die ebenfalls heiß ist. Dann greife ich zu deiner Jacke und ziehe sie dir aus. Ich knöpfe an deinem Hemd jeden Knopf ganz langsam auf und sehe dir dabei tief in deine Augen und dann wieder auf deinen Mund. Du siehst mich gnadenlos an und bemerkst, dass mein Mund etwas offen steht, meine feuchten Lippen zittern, weil ich die Geilheit in mir aufsteigen fühle. Als ich dein Hemd vollkommen aufgeknöpft habe, ziehe ich es dir über die Schultern aus und werfe es auf den Boden. Dann streichele ich deine Brust und liebkose mit meinen heißen und feuchten Lippen deine Brustwarzen, welche ich einzeln einsauge und mit den Zähnen anknabbere, ganz langsam und zärtlich. Dann gehe ich mit meinen Händen ganz langsam an deiner Brust runter zu deinem Gürtel, mache ihn auf und ziehe ihn aus den Hosenschnallen und werfe ihn auch auf den Boden. Dann öffne ich den Knopf deiner Hose mit zitternden Händen und öffne den Reißverschluss. In dem Moment fange ich an schwer zu

atmen, da die Lust und die Begierde nach dir, ungeahnte Ausmaße
an nimmt. Ich lasse deine Hose an
dir runtergleiten und werfe sie
auch auf den Boden- Mittlerweile
hat dein Schwanz an Größe zuge-
nommen und droht mir. Ich greife
mit meinen Händen in deinen Slip
und ziehe ihn aus, wobei ich über
deinen harten und geilen Schwanz
muss. Auch deinen Slip werfe ich
auf den Boden. Dann kniete ich
mich vor dich hin und nahm deinen harten und feuchten Schwanz
in meine Hände und küsste ihn, bis
hinten an deinen Sack der warm
und weich ist. Ich liebkose deine
Hoden die wohlig nach Sex duften.
Dann öffne ich meinen Mund und
lecke mit meiner heißen Zunge
deine pralle Eichel und beginne
leicht daran zu saugen. Ich stöhne
laut auf denn meine Fotze wird
immer nasser. Du versuchst mich
zu streicheln aber ich achte nicht

drauf. Ich lecke deine Eichel, öffne meinen Mund weiter und schiebe deinen geilen Schwanz ganz tief hinein. Mein Mund ist kochend heiß und fordernd. Ich lutsche an deinem Schwanz und spiele mit meiner Zunge und meinen Zähnen daran. Du stöhnst und zitterst. Du bebst und wirfst deinen Kopf nach hinten, du machst Fäuste, weil dich deine Lust und Geilheit überrennt. Ich blase immer weiter und streichele dabei deine Innenschenkel und deine Arschbacken und als ich merkte, dass du mir schon ein bisschen von deinem Saft abgeben willst, stehe ich langsam auf. Du wirst wahnsinnig und willst mir in den Mund spritzen. Ich will es auch, aber nicht jetzt. Ich nehme dich an die Hand und führe dich zum Bett. Dort lege ich dich hin und lege dir Handschellen an. Handschellen an deinen Händen und an deinen Füßen. Ich habe

unbändige Lust dazu, deine Hilfe-
rufe zu hören. Ich bin deine Herrscherin und du bist mein Sklave.
Ich nehme wieder deinen heißen
und harten Schwanz in die Hand
und liebkose ihn, dann lege ich ihn
zwischen meine prallen Brüste und
reibe ihn hin und her. Dein
Schwanz fühlt sich zwischen meinen heißen Brüsten sehr wohl. Du
und ich stöhnen vor lauter unbe-
herrschbarer Geilheit. Meine Liebesgrotte ist so nass, dass sie deinen harten Schwanz will. Ich setze
mich auf dich und führe deinen
dicken Schwanz hinein. Ganz
langsam und nur ein kleines Stück.
Ich werfe meinen Kopf in den Nacken, weil ich schreien muss. Ich
schreie vor lauter geiler Lust deinen Namen und lasse deinen
Schwanz etwas tiefer reingleiten.
Du spürst dass ich gleich explodiere. Als dein Schwanz ganz tief in
mir ist, reite ich dich zu. Es ist eine

Höllengeilheit in dir und in mir. Alles in meiner Liebesgrotte ist geschwollen und reibt an deinem Schwanz. Du willst meine prallen Brüste küssen, aber du kannst nicht, weil du gefesselt bist. Als du es kaum noch aushalten kannst, öffne ich die Handschellen und du greifst nach meinen Brüsten, du hast Schweiß auf der Stirn so geil bist du. Du saugst an ihnen und wirfst mich brutal auf den Rücken. Jetzt hast du die Macht über mich. Du bist jetzt mein Gebieter und rammst mir deinen heißen und geilen Schwanz in mich rein. Tiefer und fester. Du fickst mich und ich schreie vor Ektase. Ich weiß nicht mehr, wer ich bin und plötzlich explodiere ich dermaßen und spritze ab. Du kannst es auch nicht mehr halten und spritzt deinen kostbaren Saft tief in mich rein. Du schreist und stöhnst vor lauter Lust und gibst immer mehr von deinem

Saft ab, ich werde immer lauter. Ich ziehe deinen Schwanz aus meiner Liebesgrotte und lasse den Rest auf meiner Brust spritzen. Du willst mich ficken für alle Ewigkeit. Deine Augen treffen meine. Ich lecke meine Lippen und fasse mir an meine Liebesgrotte und mit der anderen Hand greife ich nach deinem Schwanz und die Ekstase fängt von vorne an. Der unbändige Hunger nach unseren Körpern und nach unseren Seelen ist die reinste Hölle.

Mein Hunger war grenzenlos und ich habe Baptist benutzt, immer wieder, bis er nicht mehr konnte. Dann musste er gehen, sehr schnell und niemals mehr wiederkommen.

Tobias war ein junger Mann, der Physik studierte. Er trug eine Brille, hatte kurze Haare und war sehr gut erzogen. Beinahe ein wenig trocken, aber ich hatte ihn irgendwie gern. Ich sagte ihm, dass ich Lust auf ihn hätte und er schaute mich an, als wenn ich eins seiner Reagenzgläser geküsst hätte. Ich nahm ihn einfach mit, es dauerte mir zu lange, bis er sich endlich entschieden hatte. Ich dachte mir nur, hoffentlich macht er sich nicht in die Hose....aber als es losging, taute er auf und ich dachte noch: wie kann man sich so verstellen?

Ich stehe vor dir mein Baby und ich bin glühend heiß auf dich. Meine Fotze trieft vor Geilheit, mein Ouverthöschen ist nass und der Duft von Gier, nach Sex, steigt nach oben, in deine Nase. Du darfst mich noch nicht berühren. Ich habe Schweißperlen auf der Stirn, ich sehe in deine Augen und stöhne leise, sehe nach unten auf deine Hose, auf deinen Reißverschluss, lecke mir die Lippen und greife vorsichtig danach und öffne langsam, mit zittrigen Händen deinen Hosenverschluss. Du bebst innerlich und ballst deine Hände zu Fäusten. So geil bist du. Ich hole deinen Schwanz aus seinem Versteck, er ist warm und heiß. Dann wandern meine Finger zu deinen Eiern, die auch warm sind und spiele mit ihnen, zwischen meinen Fingern. Du atmest immer schneller, aber du darfst mich nicht berühren. Du öffnest deinen Mund und willst mich küssen, ich lecke mit meiner Zungenspitze über deine Lippen. Du bebst immer heftiger, ich ziehe dir deine Hose ganz runter, damit ich das Prachtstück richtig sehen und mit meinen Augen genießen kann. Ich halte ihn in meinen Händen, du fixierst meine Augen, ich spüre es. Dann lasse ich ihn los, wandere mit meinen Händen von meinem Bauch über meine prallen Brüste, öffne den

BH, der vorne geschlossen wird und lasse sie frei, du stehst so dicht vor mir, dass du sie spürst. Dein nackter Oberkörper spürt meine heißen Titten, deren Knospen steinhart an deiner Brust reiben. Du kannst dich kaum noch im Zaum halten. Ich gehe mit meinen Händen wieder runter zu deinem Schwanz, der erwartungsvoll vor mir steht, ich bücke mich etwas runter, um deine pralle Eichel in meinen feuchten Mund zu nehmen und um an ihr zu saugen. Du stöhnst immer lauter, mein Kitzler wird immer dicker, wir beide schwitzen vor Erregung, ich komme wieder hoch und gebe dir ein Zeichen, dass du mich jetzt nehmen kannst, wie du willst. Du greifst nach meinen Armen wirfst mich aufs Bett, massierst wie wild meine Titten, leckst sie. Ich öffne meine Schenkel ganz weit und du rammst mir deinen Schwanz in meine triefende Fotze und fickst mich immer heftiger, immer brutaler, wir beide schreien und stöhnen, wälzen uns hin und her. Du stöhnst: Ich fick dich meine Fickgöttin, ich will, dass du ihn richtig nimmst und spürst, quetsche ihn mit deiner geilen Möse aus, nimm dir jeden Tropfen, den ich dir gleich reinspritze", bis plötzlich die gigantische Explosion von uns beiden stattfindet. Wir nehmen nichts mehr um uns wahr, wir schwimmen in unserer Gier, wir sind süchtig nach unseren Körpern, nach unseren Gerüchen, wir sind so hemmungslos, dass wir beide nicht mehr voneinander loslassen können, wir beide kommen nochmal zusammen, wir spritzen uns gegenseitig den Saft, in uns, entgegen, er ist so heiß und viel. Es ist ein Genuss von dir gefickt zu werden.

Dann bat ich ihn, sich schnellstens anzuziehen und zu verschwinden. Er sah mich an und zögerte. Ich sagte ihm nochmals, er solle sich anziehen und gehen. Er blieb vor mir stehen und wollte mich berühren. Ein fataler Fehler……

Ich gab nach und führte ihn in meine Kellergewölbe. Erst zögerte er, mit mir die Treppen runter zu gehen, tat es dann aber doch. Unten angekommen, rümpfte er die Nase und meinte:" Was verwest denn hier vor sich hin?" Ich antwortete gelangweilt: "Alles Männer, die meine Befehle missachtet haben. Aber das würdest du ja niemals tun, oder?" In einer Windeseile rannte er die Treppen hoch, zum Ausgang, wo auch schon Sebastian auf ihn wartete. Er sah ihn nur an und rannte raus. Sebastian schloss die Tür und flüsterte: „Gott sei Dank."

Rene war ein Student, den ich im Museum für wissenschaftliche Illusionen traf. Er war sehr stolz und durch und durch Franzose. Er war trotz seines jungen Alters sehr gebildet und sehr sexy. Ich wollte ihn haben, aber ich wollte ihn, bei mir, im Haus, zappeln lassen, bis er mich besiegen durfte.......für einen Moment.

Ich trage schwarze Lack-Overknee-Stiefel und einen roten Spitzen-Ouvertslip. Du sitzt auf einem Stuhl und ich komme langsam auf dich zu. Ich bin unermesslich geil auf dich und sehe dir in die Augen. Mein Mund ist leicht geöffnet und meine Zunge leckt langsam meine Lippen. Ich stelle mich vor dich hin und befehle dir, meine Titten zu massieren. Du tust es, ich werfe meinen Kopf in den Nacken und genieße es sehr. Du leckst meine Nippel und beißt an ihnen, so dass ich vor Wonne leise stöhne. Meine rechte Hand tastet nach meiner nassen Fotze und fühlt einen geschwollenen Kitzler, der gleich zu platzen droht. Ich reibe an ihm und mein Stöhnen wird immer lauter. Meine Augen fordern dich auf, meine Titten fester zu kneten, es ist ein geiles Gefühl, was mich dabei durchströmt. Bevor ich abspritze, setze ich mich langsam auf deinen prallen und steifen Schwanz, der mich erwartungsvoll begrüßt. Ich führe deinen Schwanz erst nur ein Stück in meine Fotze ein. Noch ein Stück. Ich vibriere am ganzen Körper. Schweißperlen bilden sich auf meiner Haut. Meine Geilheit nimmt immer mehr zu, meine Fotze ist gigantisch nass und mein Kitzler ist enorm prall. Ich bin so geil auf deinen Schwanz. Langsam gleitet er immer tiefer in mich rein. Ich reite dich, hebe langsam mein

Becken nach oben und senke es ebenso langsam wieder. Du leckst und massierst meine prallen Titten, stöhnst und siehst mich gierig an. Ich reite immer schneller und stütze mich auf deinen Schultern ab, es ist ein gigantisches Gefühl. Ich stöhne immer lauter, meine Hände werden feucht, denn ich spüre einen Tornadoorgasmus auf mich zukommen. Mein Unterkörper wird heiß, mein Kitzler pocht und pocht. Ich atme immer schneller, ich will dich küssen, aber ich habe meinen Mund nicht unter Kontrolle, ich schreie, du hälst meine Hüften wie in einem Schraubstock gefangen, drückst mich runter und hebst mich wieder rauf, du bestimmst den Rhythmus, wirst immer brutaler. Ich stöhne und schreie und spritze endlich dermaßen ab, dass mein Saft aus meiner Fotze auf deine Oberschenkel läuft. Ich kriege mich nicht mehr ein, kann mich nicht mehr beherrschen, die Gier hat mich gepackt und in ihren Klauen. Ich kann nicht aufhören, du siehst mich an und spritzt in mich rein und schreist und stöhnst. Du krallst dich in meinen Körper, stehst auf und wirfst mich auf den Boden, beugst dich über mich und rammst mir deinen Schwanz nochmal in meine heiße Fotze. Ich winde mich, drehe meinen Kopf hin und her. Ich komme nochmal, heftig, heiß, so viel Saft kommt aus mir raus. Du drehst mich blitzschnell um und entlädst dich in meinem willigen Arschloch. Du spritzt und spritzt deine Ficksahne in mich hinein. Ich massiere meinen Kitzler der immer noch prall in meiner Fotze steht und bekomme einen Orgasmus der Superlative. Es ist so geil, so himmlisch, so brutal von dir gefickt zu werden. Immer wieder. Ich kann nicht mehr aufhören. Muss aber, denn die Zeit läuft......

Einige Zeit später, es war gegen Abend.......

Ich lag auf meinem Bett und ruhte mich aus, als ich unten, in der Halle, Sebastian sprechen hörte. „Madame Annabelle ist zugegen. Ich werde sie über ihren Wunsch informieren. Bitte gedulden sie sich. Setzen sie sich bitte in die Halle." Dann stieg Sebastian die Treppen zu mir hinauf und klopfte vorsichtig an. Ich möchte hinzufügen, dass Sebastian der beste Diener, der Welt ist. Er ist gehorsam, schüchtern, intelligent, zuverlässig, aber auch wandlungsfähig. Ein echter Schatz. Ich erhob mich, von meinem Bett und öffnete die Tür. „Was gibt es Sebastian? fragte ich. „Dort unten, in der Halle, befindet sich ein Herr, der dringend zu

ihnen möchte. Er hat es sehr eilig",
teilte er mir mit. „Eilig? Hier be-
stimme ich die Zeit. Einen Moment noch, ich komme runter",
antwortete ich. Kurze Zeit später
stieg ich die Treppen hinab und
ging auf den Herrn zu. „Mein Diener teilte mir mit, dass Sie einen
Wunsch haben, der eilig ist. Hier,
in meinem Hause ist nur ein Gesetz gültig. Meins, auch das Gesetz
der Zeit. Haben wir uns verstanden?" Er nickte. „Was wollen Sie
von mir und wissen Sie, wo Sie
sich momentan befinden?" fragte
ich ihn. „Ja, Madame, ich weiß es
und ich habe einen Wunsch. Ich
hatte mit meiner Frau bisher Sex,
der gewöhnlichen Art." Ich zog
eine Augenbraue hoch und schüttelte leicht mit dem Kopf. „Was
verstehen Sie unter gewöhnlich?"
fragte ich ihn. „Nun", antwortete
er, „einfachen Sex. Dunkelheit,
beide nackt, küssen und draufle-

gen. Verstehen Sie mich? Ganz ohne Spaß und….." Er brach ab und ich vervollständigte seinen Satz. „Ohne Kick und Lustschmerzen, wollten Sie sagen, nicht wahr?" „Ja, können Sie mir helfen?" fragte er und sah mich erwartungsvoll an. „Nun, ich möchte eins klarstellen. Sie befinden sich hier in keinem Kindergarten. Ich kuschele nicht und ich wiege sie nicht in den Schlaf. Ich werde sie für ihre Gedanken bestrafen und sie suchen sich ihren Kick aus, aber….."". Ich erhob den Zeigefinger und ging ganz nah an ihn ran: „ich hasse Memmen, die nach 5 Peitschenhieben nach ihrer Mama schreien. Haben wir uns verstanden?" Er nickte wieder und fragte:" Kann ich mir etwas aussuchen, was mir gefällt?" Ich lachte laut auf und zischte ihm zu: „Du kannst nur hoffen, dass ich dich nicht töte, das kannst du machen", stand auf und ging nach oben. Als er auch aufstehen wollte, drückte Sebastian ihn an der Schulter wieder runter auf den Sessel. Er musste warten, bis ich wieder runter kam.

Als ich wieder in die Halle zurückkam, trug ich eine schwarze Augenmaske, einen schwarzen Lacklederminirock, mit schwarzem Lack-BH, schwarze Lack-Overkneestiefel und schwarze lange Handschuhe. Er schluckte, als er mich sah und stand blitzartig auf. Sebastian schob sich dazwischen und forderte den Gast auf, mir zu folgen. Im Keller angekommen, befahl ich ihm:" Zieh dich aus, nackt und setze dich dort auf den Stuhl." Er schwieg die ganze Zeit und tat, wie ich ihm befohlen hatte. Er zog sich aus und legte die Kleidung fein säuberlich auf den Herrendiener, der in der Ecke stand. Ich musste schmunzeln, ließ es ihn aber nicht sehen. Als er fertig war, führte ich ihn, mit meiner Peitschenspitze an seinem Bauch, in Richtung Stuhl und zeigte ihm, dass er sich hinsetzen sollte. Ich legte ihm ein Lederhalsband um und kettete ihn an den Pfeiler, der neben ihm stand. Seine Hände hatte ich mit Handschellen auf dem Rücken, über der Stuhllehne gefesselt. Es war ein Gerät an der Leine befestigt, mit dem ich sie kurz oder lang halten konnte, je nachdem, wie ich es wollte und.....wie schnell ich es wollte. Er schwieg immer noch und sah mich auch nur ab und zu an; meistens sah er zu Boden. Ich streichelte mit meiner Peitsche über seine Oberschenkel und befahl ihm: „Mach deine Beine auseinander, weiter." Er tat es. Was ich da sah, war sehr traurig, aber vielleicht brauchte er nur etwas Schub, um sich zu entfalten. Ich ging an mein

Pult und betätigte einen Knopf. Blitzschnell stießen Dornen aus der Sitzfläche des Stuhls. Er zuckte und wollte hochschnellen, aber ich drückte seine Schultern wieder runter und schlug ihm mit meiner Peitsche auf die Oberschenkel. „Habe ich dir erlaubt aufzustehen? Ich kann mich nicht daran erinnern. Tut dir das nicht gut oder ist es dir zu wenig Druck?" fragte ich ihn leise. Er schwieg. Schweißperlen zierten seine Stirn und sein Schwanz hing immer noch schlaff herunter. Ich betätigte wieder einen Knopf und es schnellten wieder Dornen aus der Sitzfläche, diesmal ließ ich sie tanzen. Am Rand der Sitzfläche tanzten breite Dornen und genau in der Mitte die spitzen Dornen. Er blieb sitzen, öffnete seinen Mund und ich sah ihn an. Als ich nickte, stieß er einen Schrei aus und riss an den Handschellen. Ich ließ die Dornen immer schneller tanzen, sein Schwanz stieg in die Höhe, er stand kerzengerade, wie ein Speer. Blut lief an seinen Innenschenkeln entlang, runter, über den Sitz, zu Boden. Sein Blut. Er schrie und stöhnte und plötzlich schlug ich ihm, mit meiner Peitsche über den Bauch und rief: „Stopp". Als ich dies tat, spritzte er ab. Immer wieder. Ich hielt die Dornen an und er sackte in sich zusammen. „Was ist los? Hast du genug? Das glaube ich nicht." Langsam hob er seinen Kopf und sah mich an. Er zog an den Handschellen, als wollte er sich befreien, schwieg aber dabei. Ich stellte ihm ein Bein auf seinen Oberschenkel. Der Stiefelabsatz bohrte sich in sein Fleisch. „Küsse meinen Stiefel, du Mistkerl", befahl ich ihm. Mit letzter Kraft tat er es. Dann drehte ich mich zu ihm rum und hob meinen Ledermini-rock an. Er sah meine Fotze und konnte nicht weggucken. „Möchtest du sie haben? Möchtest du sie lecken und erahnen, wie der Teufel schmeckt?" Er nickte und ich gab ihm den Gnadenstoß, mit meiner Peitsche. Dann nahm ich seinen Kopf und hielt ihn an meine Fotze und er leckte mich unaufhaltsam, bis ich explodierte. Als ich ihn wieder befreite, sackte er zusammen. Ich gab ihm 10 Minuten Zeit, sich anzuziehen und zu verschwinden. Wenn er es nicht schaffte, würde sich Sebastian um ihn kümmern……

Er sah mich nur entgeistert an. Er war zu schwach, um zu schnell zu laufen, aber er bemühte sich. Raffte seine gesamte Kleidung zusammen und stieg die Treppen hinauf. Dann drehte er sich nochmal um und sagte: „Du hast mich befreit, du hast mich geliebt, heute, hier und jetzt und dafür danke ich dir.

Ich werde dich niemals vergessen, du bist eine Königin. Danke." Dann ging er weiter und ich setzte mich auf einen Sessel. Kurze Zeit später erschien Sebastian und brachte mir einen Cognac. Ich sah Sebastian an und lächelte. „Ich bin eine Königin", sagte er, „was meinst du, Sebastian, hat er Recht?" Sebastian antwortete ohne zu überlegen: „Ja, und der leibhaftige Teufel, Madam."

Maurice kannte ich noch aus der Zeit, wo ich studierte. An der Uni haben wir uns kennengelernt und uns ein paar Mal getroffen. Mittlerweile war er verheiratet und hatte zwei Kinder. Ja, wie die Zeit vergeht. Nun traf ich ihn in einer Bibliothek. Ich stöberte etwas herum, setzte mich an einen der Tische, um etwas zu lesen und fühlte Blicke. Ich sah auf und blickte in zwei wasserblaue Augen, die mich an Maurice erinnerten und……er war es. Er stand vor mir, unrasiert, lange Haare und verlegen. Er gefiel mir, er sah so wild, so unbezähmbar aus. Ich bat ihn Platz zu nehmen und so unterhielten wir uns. „Halle Annabelle, wie geht es dir? Wir haben uns ja lange nicht gesehen, Was machst du heute so?" Ich zögerte erst mit meiner Antwort, denn ich wollte ihm auf keinen Fall, etwas Genaues von meinem Leben erzählen. Ich räusperte mich und antwortete: „Nun, ich studiere nicht mehr" und lächelte dabei, „ich habe mich selbstständig gemacht. Ich mache Menschen glücklich. Verstehst du?" Er erwiderte mein Lächeln und meinte" „Ja, so warst du schon immer. Alle Menschen mussten glücklich sein, damit du auch zufrieden bist. Das finde ich sehr schön. Ich bin geschieden. Meine Frau ist fremdgegangen und hat auch die Kinder behalten. Ich lebe jetzt allein, hier in Paris. Es ist alles so furchtbar gewesen, aber langsam komme ich zur Ruhe." Ich sah ihn mir an, den Mädchenschwarm von damals. Mein Gott, was waren wir alle heiß auf ihn, aber er hatte sich damals für Yvonne entschieden, sie geheiratet und mit ihr zwei Kinder bekommen. Nun stand er vor mir und sah ausgehungert aus, Ausgehungert nach Liebe. „Wenn du willst, können wir ein Stück gehen und ich erzähle dir bei einem Glas Rouge von meinem Leben", schlug ich ihm vor. Er willigte ein und ich hatte mein nächstes Opfer gefunden, welches mich befriedigen muss und ich fühlte, dass er mir viel geben würde, denn er selbst hatte nie viel bekommen. Ich zitterte vor Aufregung und Gier.

Du stehst nackt vor mir, in deiner ganzen männlichen Pracht, weil ich große Lust habe, dich einzuölen. Ich benutze Moschus-Massageöl. Es duftet diskret, aber die Wirkung auf unsere Sinne, wird enorm sein. Ich bin ebenfalls nackt und geil, wie immer. Ich nehme ein Paar Tropfen Öl in meine Handflächen und beginne vom Hals an, deine Brust einzuölen. Sofort richten sich deine Brustnippel auf, was mich noch mehr erregt. Ich öle dich sehr langsam und genüsslich ein, denn ich will deinen Körper genießen. Du bist auch geil, denn ich spüre an meiner Fotze deinen harten Schwanz. Er will sich in mich reinbohren, aber er darf es noch nicht. Dann nehme ich noch einmal ÖL in meine Handflächen und massiere deinen Bauch und gehe mit meinen Händen hinter dich und greife nach deinen Arschbacken. Du brummst

135

vor Wonne. Ich knete sie mit Hilfe des Öls richtig schön durch. Dabei berühren meine prallen Titten, deine Brust. Um die Berührung zu erhöhen, reibe ich meine Brüste an deinen Brüsten. Mein Mund ist ganz nah an deinem. Ich sehe auf deine wundervollen Lippen und spiele mit meiner Zunge darauf. Mir ist endlos heiß, ich zittere und meine Hände werden unruhig. Ich spüre, wie meine Fotze immer nasser wird, aber ich will diese Massage durchziehen, bevor ich durchdrehe. Du öffnest deinen Mund etwas und zeigst mir, dass auch du stark erregt bist. Deine Lippen beben und deine Hände wollen mich berühren, aber sie dürfen es nicht. Ich nehme noch etwas Öl, bücke mich und reibe deine Oberschenkel ein. Dein majestätischer Schwanz steht direkt vor mir. Ich laufe mittlerweile aus, stöhne leise, habe Schweißperlen auf der Stirn. Ich öffne meinen Mund etwas und will deinen Schwanz lecken. Wenigstens deine Eichel, die sich mir schön glänzend und stramm zeigt. Ich bebe vor Geilheit, ich schließe meine Augen, um den Anblick besser ertragen zu können. Währenddessen reiße ich mich zusammen und öle deine Oberschenkel, deine Knie, Waden und Füße ein. Mein Kitzler ist so dick, dass ich es spüren kann. Eine Berührung und ich spritze schreiend ab. Dann erhebe ich mich langsam, und sehe dir in die Augen. Ich sehe dort Geilheit, Hitze, Verlangen, endlose Gier. Ich werde immer nervöser und du weißt nicht, mit deinen Händen wohin. Ich sehe dich an und fange an zu betteln. "Lass mich deinen Schwanz lecken, bitte. Gib mir deine Eichel, ich will sie mit meiner Zunge verwöhnen. Bitte, gib ihn mir, bitte." Während ich das zu dir sage, massiere ich deine warmen Eier und spiele mit ihnen zwischen meinen Fingern. Ich atme immer schneller und schwerer. Ich werfe den Kopf in den Nacken, ich werde wahnsinnig. Du berührst meinen Bauch, ich zucke zusammen. In meinem Becken wird es immer heißer, es brodelt darin. Du nickst schwer atmend und stöhnend und ich bücke mich runter und kann endlich deinen harten Schwanz gierig in mein Fickmaul nehmen. Ich sauge und lutsche, als wenn es kein Morgen gäbe. Du streichelst meinen Kopf, meine Haare und drückst mir deinen Schwanz immer tiefer in mein Fickmaul. Du fickst mich und ich vergehe vor Gier. Ich kann nicht mehr und fange an, meinen Kitzler zu kneten. Drei Finger stecke ich in meine triefende Fotze und bei jedem rein und raus führen, berühre ich meinen prallen Kitzler. Du stöhnst immer lauter und schreist: „Mein Saft will in dein Fickmaul. Ich will spritzen, alles will ich dir geben." Ich lutsche und sauge immer schneller, du ahnst, dass das ein Ja bedeutet. Ich reibe immer schneller an meinem Kitzler, vergewaltige meine Fotze und plötzlich schreist du auf und spritzt mir alles, alles von deiner köstlichen Ficksahne in mein Fickmaul. Ich bekomme einen Orgasmus, den zweiten Orgasmus und den dritten Orgasmus hintereinander. Mein Kitzler droht zu kollabieren. Es hört nicht auf. Du spritzt mich voll, ich schlucke das köstliche Nass hinunter und spritze selber, immer wieder ab. Ich stöhne und schreie voller Geilheit immer lauter. Es ist die Hölle. Die geilste Hölle in diesem Universum, in der ich mich gerade befinde……mit dir. Und ich will immer mehr, immer mehr……….bis du stirbst.

Rene war ein sehr netter Junge. Er war aufgeschlossen und sehr fleißig. Ich traf ihn auf einem Fest, in der Stadt. Es wurde getanzt und gelacht. Alle waren so ausgelassen und ich war dazwischen und so heiß. Es ist, wie bereits erwähnt, ein Fluch, eine Nymphomanin zu sein. Es gibt kein Ende für mich, keine Gnade, kein Aufhören. Ich kann nicht anders. Ich muss meine Gier befriedigen, sonst werde ich bösartig. Sebastian kann ein Lied davon singen und ab und zu kommt es immer noch durch, obwohl ich auf meiner Suche, nach unendlichem Sex, immer wieder meine Opfer finde. Rene kam mir gerade Recht, denn ich hatte viel Lust darauf.

Du stehst nackt auf allen vieren auf meinem Bett und ich hinter dir. Du streckst mir deinen Hintern entgegen, ich befeuchte einen Finger von mir und gehe zwischen deinen Arschbacken langsam entlang. Dann suche ich deine Öffnung und gleite vorsichtig hinein. Du stöhnst leise auf. Es ist warm in deinem After. Ich ziehe den Finger heraus und lecke genüsslich daran. Meine Fotze ist triefendnass und ich zittere vor Erregung. Dann gehe ich mit meiner Zunge zwischen deine Arschbacken und lecke dich, so dass du lauter stöhnst. Ich spüre, wie deine Haut feucht wird, vor Erregung. Das macht mich noch heißer. Ich atme immer schwerer, meinen Kitzler darf ich nicht berühren, denn er steht kurz vor dem Platzen. Ich sehe ihn vor mir: dick und rot und glänzend und geil. Nachdem ich dich geleckt habe, streiche ich langsam und mit etwas Druck über deine Arschbacken, ich knete sie und dir gefällt das. Dann rutsche ich runter, mit meinen Händen, und massiere deine wundervollen warmen Eier. Es duftet nach Sex und Gier und ich massiere sie mit einer so großen Wollust, das mir das Wasser im Mund zusammen läuft. Dann fühle ich deinen Schwanz. Er ist hart und prall. Er wartet auf mich, ich weiß es. Du wirst immer lauter und unruhiger. Ich fange an zu Schwitzen, so heiß bin ich. Ich ziehe deine Vorhaut zurück, ganz langsam, schiebe sie wieder drüber, nehme deinen geilen Schwanz fest in meine Hand und fange an zu wichsen. Du willst dich aufbäumen, aber ich drücke dich wieder runter. Ich werde immer schneller und intensiver. Du wehrst dich, als ich dich wieder runterdrücken will. Ich wichse und massiere deine Eier. Du wirst langsam wahnsinnig. Du stöhnst und zitterst, ich drehe bald durch. Dein Schwanz fühlt sich so geil an, in meiner Hand. Ich wichse immer schneller, dann schreist du auf, kommst hoch, drehst dich blitzschnell um und wirfst mich auf den Rücken. Noch ehe ich gucken kann, rammst du mir deinen Schwanz in meine nasse und bettelnde Fotze. Du schreist: „du Göttin, du hast dir meines Saft verdient. Ich gebe ihn dir, alles gebe ich dir. Ich fick dich, bis du ohnmächtig wirst". Du rammst deinen Schwanz immer heftiger in meine Möse, ich komme dir mit meinem Becken immer entgegen, es ist so geil, du bist so brutal. Ich genieße jeden Stoß von dir. Dann plötzlich halte ich es nicht mehr aus, ich spritze ab und schreie und stöhne, bäume mich auf, drehe mich nach allen Seiten. Es überkommt mich ein heißer Orgasmus, ein Megagefühl. Im gleichen Augenblick schießt du mir deine Sahne in meine Möse, so dass ich den Druck spüre. Du stöhnst so laut, vor Gier und Lust. Es ist gigantisch. Wir beide spritzen so heftig ab, dass unsere Säfte aus meiner Fotze laufen. Es ist so geil, so megageil.

Es war Nacht, als es meiner Tür klingelte. Sebastian öffnete, ich konnte es von meinem Schlafzimmer aus hören. Ein Mann trat herein und eröffnete Sebastian, dass er mich gesucht hat und nun mit mir reden wollte. Sebastian machte ihn höflich darauf aufmerksam, dass es Nacht sei und er bis morgen warten sollte. Das gefiel ihm ganz und gar nicht und er wurde etwas grob. Sebastian warnte ihn und da wurde er etwas ruhiger. Er durfte sich auf einen der Sesel setzen und Sebastian stieg zu mir hinauf, um mich zu informieren. „Madame, dort unten....." „Ich weiß, mein Guter, ich weiß", antwortete ich. „Sage ihm, noch einen Moment Geduld, dann bin ich da". Sebastian stieg die Stufen wieder hinunter und unterrichtete ihn von meinen Worten. Ich zog meine Lederbekleidung an, denn ich fürchtete, dass es heute Nacht noch sehr feucht werden würde. Ausgestattet mit meiner Siebenschwanzpeitsche, stieg ich die Treppen hinab und begrüßte den Fremden. Als er mich sah, stand er sofort auf und verbeugte sich vor mir. Er nahm meine Hand und küsste sie flüchtig. Ein ausgezeichnetes Benehmen, dachte ich bei mir. Dann begann er zu erzählen: „mein Name ist Picart Gerome, ich bin Geschäftsmann, alleinstehend", dabei sah er mir tief in die Augen, „und ich habe Lust auf Schmerzen. Schmerzen, die nur Sie mir zufügen dürfen". Ich sah ihn an und ein leichtes Lächeln huschte über mein Gesicht. Endlich mal ein Mann, der weiß, was er will. Ich bat ihn, mir zu folgen und wir stiegen die Treppen in die unterste Etage hinab. Auch er bemerkte sofort den beißenden Geruch im Vorraum und Sebastian beschwichtigte die Situation. „Es ist nichts bedeutendes, nur ein Hauch von Tod, der hier wohnt". Picart störte das nicht sonderlich, sondern begann sofort damit, sich auszuziehen. Er legte seine gesamte Kleidung über den Herrendiener und stellte sich vor mich hin. Was ich sah, beglückte mich, denn auch ohne Schmerzen stand sein Schwanz wie ein Zepter und er war sehr groß geraten, genau mein Geschmack, dachte ich bei mir und lächelte. „Hier herrschen meine Gesetze, ich habe kein Erbarmen, kein Mitleid und ich verschenke auch keine Gnade. Solltest du bei meinen Bestrafungen sterben, ist das dein Problem, nur dein Problem. Ich nehme keine Rücksicht. Ich erfülle deine Wünsche und anschließend meine. Ist das soweit verstanden worden?", fragte ich und knallte mit meiner Peitsche auf den Tisch. Er zuckte leicht zusammen und bejahte. „Nun, dann sind wir uns einig", betonte ich. Dann ging ich auf ihn zu und befahl ihm, sich hinzusetzen. Dann legte ich ihm ein Halsband um, mit Dornen nach innen. Er stutzte. „Sind da irgendwelche Einwände, dann ist es jetzt zu spät. Ich hasse Änderungen und ich werde sehr böse, wenn man das anders sieht." Er schüttelte mit dem Kopf. Dann band ich ihm einen Ledergürtel um, auf dessen Innenseite ebenfalls Dornen waren. „Stelle dich dort hinten an die Wand, breitbeinig". Er gehorchte. Dann fesselte ich seine Hände an die Schrauben, die aus der Wand ragten.. Dann band ich ihm Gewichte um seinen Hoden, was er anscheinend sehr genoss. Beide Bänder, Hals und Bauch, waren mit einer Leine verbunden, die wiederum an ein Pult integriert waren, von denen aus ich Stromstöße in die Bänder treiben konnte. Eine ausgezeichnete Maßnahme, um seine Geilheit anzustacheln. Er stand nun an der Wand, wie ich ihm befohlen hatte und ich spielte leise Musik. „Ich nehme an, du bist ein Miststück. Ein brutaler Egoist, sonst wärst du nicht hier. Ich hasse solche Männer, sie sind Abschaum für mich. Ich gebe dir, was du brauchst", und betätigte den Knopf, für den Strom. Zuerst schoss etwas Strom in den Bauchgürtel, dann in den Hals. Er windete sich und schrie seine Schmerzen heraus. Das machte mich heiß. Dann wurden die Stromstöße heftiger und sein Schwanz stand wie eine Eins. Er zuckte zusammen, immer wieder und bei jeder Bewegung zogen die Gewichte an seinem Hoden, was noch ihm noch mehr Schmerzen zufügte. Es war so geil, mitanzusehen, wie er sich quälte. Er stöhnte immer lauter und seine Eichel wurde immer praller, ich wusste, dass er jeden Moment abspritzen würde. Blut lief an seiner Brust hinunter und sein Bauch blutete auch. Es war bestialisch geil, was ich da sah. Er tobte vor Lust und Schmerz, das wollte ich sehen, mir wurde immer heißer und meine Gier wuchs ins Unermessliche. Dann spritzte er plötzlich ab und stöhnte so laut, das ich mir die Ohren zuhalten musste. Er war wie von Sinnen, in seiner Ekstase der Superlative. Dann sackte er zusammen. „Mein Lieber, so nicht. Wenn du glaubst, du bist fertig, dann irrst du gewaltig." Ich band ihn los und er fiel auf die Knie. Dann öffnete ich meine Lederhose, mein Oberteil, ließ meine Titten raus, massierte sie und sah ihn dabei an. Ich legte mich auf das Sofa, machte meine Beine weit auseinander und befahl ihm, zu mir zu kommen. Er sah die ganze Pracht vor ihm liegen. Ich stöhnte leicht, als ich meine Brüste massierte und mit zwei Fingern in meine Fotze glitt. Sie war so nass und willig. Er sah es sich nicht lange an, sondern stürzte sich, wie ein Tier auf mich, rammte mir seinen wieder steif gewordenen Schwanz in meine Fotze und fickte mich erbarmungslos durch. Er war so herrlich brutal, dass ich fünf Mal hintereinander zum Orgasmus kam. Ein Geschenk, ein großes Geschenk. Ich genoss ihn, in vollen Zügen. Er hatte auch seinen Spaß und windete sich, wie ein Tier, in mir. Dann forderte ich ihn auf, von mir zu lassen und aufzustehen. Er verstand es nicht, denn er war so geil geworden, dass er weiter machen wollte. Ich aber nicht und das zählte hier. Nur das. Ich befahl ihm, sich schnellstens anzuziehen und zu verschwinden, sonst wäre er schneller tot, als er meinen Namen nennen könnte. Er beeilte sich, sah mich nur verängstigt an und rannte die Treppe hoch. Ich blieb alleine zurück und verwöhnte mich noch eine lange Zeit und dachte dabei an Frederice.

Ich bin alleine, du bist nicht da, aber ich habe unbändige Lust zu ficken. Dich will ich ficken, ohne Ende, aber ich bin alleine. Ich sitze vor meinem großen Spiegel, ich habe mein Höschen ausgezogen. Es duftet nach Sex und nach Sinnlichkeit. Meine Oberschenkel habe ich weit auseinander gemacht. Zärtlich streichele ich meine Titten, die oben auf meinem BH liegen. Meine Nippel werden steinhart. Ich flüstere deinen Namen vor mich hin, habe die Augen geschlossen und genieße meine Streicheleinheiten, die ich für dich mache. Meine Fotze ist sehr nass, denn ich bin unendlich geil auf dich. Ich gehe mit meiner Hand runter zu meinen Schamlippen, mache sie etwas auseinander und berühre mit einem Finger meinen prallen Kitzler. Ich zucke vor Wonne zusammen. Ich öffne meine Augen, um mir das Schauspiel anzusehen. Ich will mir ins Gesicht sehen, wenn ich vor Gier zergehe. Ich lege den Kopf in den Nacken, so heiß bin ich gerade. Ich streichele mich weiter und dringe mit zwei Fingern in meine Fotze ein. Gott, es ist so nass und heiß da drin. Ich stoße sie zärtlich rein und wieder raus, rein und wieder raus. Mir wird heiß und ich atme schneller. Dann greife ich zu meinem größten Dildo, der dir am Nächsten kommt und führe ihn in meine heiße Grotte ein. Mein Stöhnen wird lauter. Es ist unaufhaltsam, was da auf mich zukommt. Er vibriert auf der höchsten Stufe, ich fange an zu schwitzen, ich bin wie unter Drogen, ich will viele Orgasmen haben und du schenkst sie mir, in diesem Augenblick. Ich ramme ihn mir rein und schreie deinen Namen. Es ist göttlich, wie du mich fickst. Meine Fotze duftet nach Sex und ist so nass. Sie macht beim Einführen des Dildos Geräusche, sie schmatzt, so geil bin ich. Mein Spiegelbild verrät mir, dass ich gigantisch geil bin. Ich bewege meine Hüften nach dem Rhythmus, wie ich den Dildo reinramme. Dann nehme ich noch einen Dildo. Ich hatte vorher mein Arschloch eingeölt. Ich bin so heiß auf meinen Arsch und führe den Dildo ein. Ich bin ganz weit nach vorne gerutscht, auf meiner Bettkante, so dass ich beide Löcher verwöhnen kann. Ich stoße gleichzeitig beide Dildos rein und raus, rein und raus. Schweiß tropft von meinen Schläfen, meine Haare sind feucht. Ich ficke mich immer schneller. Ich stöhne, schreie deinen Namen, oh Gott, ist mir heiß. Meine Haut glänzt vor Geilheit, es duftet nach mir im ganzen Zimmer. Ich werde immer nasser, mein Arschloch ist entzückt und plötzlich jagt ein Tornado durch meinen Körper. Es ist ein Wirbelsturm an Orgasmus, der mich überkommt. Einer und noch einer. Mein Kitzler platzt, er ist gewaltig geschwollen. Das schmatzende Geräusch aus meiner Fotze wird immer heftiger. Ich ergebe mich, ich schreie wieder deinen Namen und das du mich brutal ficken sollst. Noch brutaler, als je zuvor. Ich will es so haben. Ich ficke mich und ficke mich. Es kommt der nächste Orgasmus, ich verschlucke mich, will meinen Daumen in den Mund nehmen und denken, dass ist dein Schwanz. Köstlich dieser Geschmack von mir. Tief aus meiner Fotze hole ich meinen Saft und lecke meinen Daumen ab. Der Dildo ist schon ganz heiß, ich kann nicht aufhören. Ich werde immer geiler und gieriger. „Rette mich", rufe ich, „gibs mir, nimm mich, jaaaaa, fick mich, ramme ihn mir rein, immer wieder, nicht aufhören.'" Ich ficke mich immer schneller, die Orgasmen hören nicht auf. Ich kann sie nicht mehr zählen. Meine Haut wird immer nasser, mein Kitzler ist gleich wund, mein Arschloch weitet sich immer mehr. Noch einen Orgasmus, bitte, Speichel tropft aus meinem Mund, da kommt er, wie eine mächtige Lawine, ich schreie deinen Namen. Mein Becken verkrampft sich vor Ekstase. Ja, fick mich, ich sauge an meinem Daumen, ich stoße die Dildos abwechselnd rein und raus. Mich überkommen Orgasmusschauer, ich bin wie in Trance. Es ist so geil, mit dir in meinen Gedanken.

Dann plötzlich werde ich ruhiger, immer ruhiger. Ich bin satt. Mein Hunger ist gestillt. Ich lasse mich nach hinten fallen, flüstere deinen Namen und bedanke mich bei dir und......................schlafe ein.

Danach erwartete mich ein köstliches Mahl, von Sebastian. Er ist ein ausgezeichneter Koch und er bereitet die Speisen nur für mich zu. Ich liebe ihn........

Ein paar Abende später suchte mich Sebastian auf und erzählte mir, von seinem Vorhaben: „Madam, unten, im Kellergewölbe lieben 12 Leichen. Wir müssen sie entsorgen, sonst haben wir hier schneller die Polizei im Haus, als uns lieb ist." Ich dachte nach und antwortete: „12 Stück? Gott, so viele. Alles ungehorsame Dummköpfe. Ich hatte ihnen so viel Zeit gegeben, mein Haus zu verlassen, aber….sie wussten es ja besser. Der Letzte war so nett gewesen und hat mich wirklich glücklich gemacht, aber…… Nun, lass uns in den Keller steigen und nachsehen, was zu tun ist", forderte ich Sebastian auf. Wir machten uns auf den Weg und unten angekommen, hörte ich ein Geräusch. Es war sehr leise, aber ich hörte es ganz deutlich. Ich zeigte Sebastian die Richtung und wir gingen dort hin. Alle 12 Leichen waren aufgebahrt und mit einem Leinentuch bedeckt. Irgendetwas stimmte hier nicht. Sebastian sah mich an und plötzlich….. Aber dazu später mehr….

Auf meinem Weg zum Meer, traf ich Louis. Er war Geschäftsmann und 50 Jahre alt. Sehr attraktiv und….alleinstehend. Niemand würde ihn vermissen, wenn er mal böse geworden wäre und nicht wieder auftaucht. Ich sagte ihm, wer ich bin und was ich will und er sagte zu. Er wollte auch keine Verbindungen, keine große Liebe, sondern nur Spaß. Gerade richtig für mich. Ich nahm ihn mit und wir hatten viel Spaß zusammen. Ich bereitete mich vor und er betrat das Zimmer......

Ich knie auf meinem Bett und strecke dir meinen prallen Arsch entgegen, als du das Zimmer betrittst. Ich habe nur einen Stringtanga und schwarze High Heels an und warte schon sehnsüchtig auf dich. Ich will heute anders den Sex genießen, eine andere Stellung und ich spüre, dass es dir auch gefällt. Ich habe die Beine gespreizt und wünsche mir, dass du meine Arschbacken streichelst. Das lässt du dir nicht zweimal sagen und tust es. Dann versuchst du mit deinen Zähnen das Band des Tangas zwi-

schen meinen Arschbacken her-
auszuziehen. Es kitzelt und macht
mich noch schärfer. Du streichelst
meine Backen und knetest dann
etwas fester weiter. Ich stöhne leise und genieße diese Berührungen
sehr. Mein Kitzler wird immer dicker und meine Fotze immer nasser. Meine Geilheit steigt immer
mehr an. Du brummst bei den Berührungen und ich merke, dass
auch du immer heißer wirst. Dann
beißt du mir in eine Arschbacke
und ich zucke zusammen. Das gefällt mir und ich fordere dich auf,
fester zu beißen. Du tust es und
hälst meinen Arsch, wie in einem
Schraubstock fest. Ich spreize
meine Beine noch weiter und bewege meinen Arsch hin und her.
Gott, bin ich geil und heiß. Du
drückst dich an mich und ich spüre, dass dein Schwanz prall und
steif geworden ist. Ich lecke mir
die Lippen und schlucke, meinen

zu viel gewordenen, Speichel runter. Mir wird heiß und ich schwitze vor Gier. Ich berühre meinen Kitzler und stöhne laut auf, denn er ist so groß und dick geworden und es ist geil, wenn ich ihn massiere. In meinem Unterkörper brodelt sich was zusammen, es wird so heiß da drin. Ich bewege meinen Arsch immer mehr hin und her, du küsst meine Backen und leckst sie, dann beginnst du meinen After zu lecken. Es ist so geil, so mega geil. Das Gefühl lässt mich bald durchdrehen. Du wirst ungeduldig, beißt wieder zu, leckst dann weiter, ich bin vor Gier total irritiert. Dann greifst du nach meinen Titten, ich stecke mir 3 Finger in meine Fotze, ficke mich selbst und reibe immer dabei an meinem Kitzler, der bald patzt. Du stöhnst leise und nimmst deinen Schwanz in die Hand, ich sehe, dass du wichsen willst. „Nein", rufe ich laut und total erregt. „Nein, gib ihn mir, fick meinen Arsch, schnell, fick ihn, komm…" .Du lässt deinen geilen Schwanz los und rammst ihn mir in mein weites geöltes Arschloch. Du fickst mich und schreist deine Lust heraus, ich reibe an meinem Kitzler, ficke meine Fotze und wir beide spritzen nach kurzer Zeit dermaßen ab, dass wir es spüren können. Wir sinken auf das Bett, aber es ist noch nicht zu Ende. Ich will mehr haben, von meinem geilen und heißen Zepter, das mir gehört; wenn auch nur für eine kurze Zeit.

Wie bereits erwähnt, waren Sebastian und ich, unten, in meinem Kellergewölbe, meiner Villa, um zu überlegen, was wir mit den ganzen Leichen nun tun sollen, als ich ein Geräusch hörte. Es kam aus der hintersten Ecke des Kellers. Ich flüsterte Sebastian zu: „ Mit der letzten Leiche scheint etwas nicht zu stimmen". "Vielleicht ist es eine Ratte", flüsterte Sebastian zurück. „Das glaube ich nicht, eine Ratte stöhnt nicht", gab ich zurück. Sebastian nickte. Wir tasteten uns weiter vor und gelangten zu dem Tisch auf dem die ominöse Leiche lag. Mit meinem Peitschengriff berührte ich sie vorsichtig und richtig, unter dem Leichentuch stöhnte etwas. „Das kann doch wohl nicht wahr sein", schrie ich auf, „was hast du denn mit ihm gemacht? Warum ist er nicht tot?" Sebastian blickte mich an und zog die Schultern hoch. „Muss ich denn alles selbst machen? Wo warst du mit deinen Gedanken, an dem Tag? Was sollen wir jetzt tun?" murrte ich. Sebastian schlug das Tuch zurück und erschrak, denn trotz gespaltenem Schädel lebte dieser Mann noch. Wie konnte das sein? Der Sterbende streckte uns seine Hand entgegen und stotterte etwas. Wir konnten ihn nicht verstehen. „Lass ihn liegen, er wird von alleine sterben, aber das nächste Mal, passt du besser auf", befahl ich Sebastian und ging zurück. „Wir können ihn hier doch nicht so liegen lassen", rief Sebastian mir hinterher. „So? Was denn sonst? Oder versuche es jetzt, ihn richtig zu töten", schrie ich zurück. Im Weggehen dachte ich bei mir, dass Sebastian 11 Männer, für mich, umgebracht hat, weil sie sich meinen Befehlen widersetzten oder nicht schnell genug gegangen sind, als ich sie fortschickte, weil ich genug von Ihnen hatte. Und jetzt stellt er sich so an, den Zwölften richtig zu töten. Was war nur in ihn gefahren? Doch nicht etwa Mitleid, das konnte ich bei allen Göttern nun wirklich nicht gebrauchen oder er wird alt, der Gute. Na, ja, ich hoffe, dass er es jetzt richtig macht und ging hoch zu meinem Zimmer. Ich hatte Sebastian den ganzen übrigen Abend nicht mehr gesehen. Ich hatte mich mit mir selbst beschäftigt und mir ein Fest bereitet. Es war gigantisch

Wenn ich mir ein Fest bereite, dann gehe ich duschen und umhülle mich mit einem zarten Duft von Rosen, ziehe mich dann langsam, vor dem Spiegel, aus und beginne genüsslich meinen Hals zu streicheln. Dann gehe ich runter zu meinen prallen Brüsten und massiere jede einzelne sanft und mit viel Gefühl. Ich liebe meine vollen Brüste. Sie sind warm und duften so gut. Ich spiele an meinen Nippeln und spüre, dass sie hart werden. Sie sind sehr empfindlich und ich wünsche mir, dass jetzt männliche Lippen und deren Zunge an ihnen saugen und lecken würden. Ich stöhne leise und lege den Kopf in den Nacken. Ich genieße mich. Dann gehe ich weiter runter zu meinem Bauchnabel. Umkreise ihn mit meinen Fingerspitzen und taste mich dann weiter runter zu meinem Paradies. Mein Atmen wird schneller, ich fühle, wie meine Lust und Gier sich steigert. Der Gedanke an einen Mann, macht mach unersättlich und hemmungslos. Ich gehe mit meinem Mittelfinger zwischen meine Schamlippen, Gott, sie sind so heiß und dringe zu meinem prallen und heißen Kitzler vor. Ich berühre ihn und zucke zusammen. Ein wohliger Schauer überkommt mich, es ist so geil. Ich stöhne immer lauter. Ich will nicht mit meinem Finger in meine Lustgrotte, sondern, ich will einen harten und heißen Schwanz haben, ein geiles Zepter soll meine Gier befriedigen und mir unzählige Orgasmen schenken. Ich unterbreche meine heiße Reise und greife hinter mich, wo mein Lieblingsdildo liegt. Er ist so lang und breit, er ist, wie ein Schwanz, ich weiß es. Mir wird schwindelig vor Lust. Ich nehme ihn in die Hand und führe ihn zu meiner Zunge. Ich lecke an ihm, ganz langsam, habe die Augen geschlossen und genieße diesen Schwanz. Dann umrunde ich mit der Spitze meine Brustnippel, die so erregt sind, dass sie sich steinhart anfühlen. Weiter runter zu meinem Bauchnabel, dringe mit der Spitze kurz in ihn hinein, gehe dann weiter runter zu meiner triefend nassen Fotze. Ich zittere am ganzen Körper, meine Haut wird feucht, ich stöhne lauter und heftiger. Ich kann es kaum aushalten. Dann setze ich mich auf mein Bett, öffne meine Oberschenkel ganz weit, rutsche mit meinem Arsch weiter nach vorne, streichele meine Innenschenkel und lege den

Dildo erst einmal in meinen feuchten und heißen Mund. Ich will ihn lecken und an ihm saugen, Ihn vorbereiten für meine Lustfotze. Ich schließe die Augen und schiebe ihn ganz in meinen Mund. Ich lecke, schmatze, sauge und drehe bald durch. Dann nehme ich ihn, ganz langsam und führe ihn in meine nasse Fotze ein. Erst ganz langsam, nur die Spitze, dann etwas mehr, noch mehr, ich stöhne immer lauter, massiere mit der anderen Hand meine Brüste, reibe an ihnen, an den Nippeln, lecke mir über meine Lippen und ramme ihn mir zum Schluss ganz tief in meine Fotze. Ich schreie auf, massiere meine Titten immer schneller, ich spüre Schweiß auf meiner Stirn, meine übrige Haut ist total feucht. Ich bewege mein Becken im Rhythmus, so, wie ich einen Schwanz in meine Grotte schiebe und wieder raushole und wieder reinstecke, Immer schneller, immer heftiger und immer ganz dicht an meinem prallen Kitzler vorbei. Ich zittere und bebe, ich fick mich immer schneller, er fickt mich immer schneller. Mir wird unendlich heiß. Speichel läuft aus meinem Mund. Ich schreie meine Lust raus, ich bin unfähig zu denken. Ich habe keine Kontrolle mehr über mich. Schnell, bevor der Tornado mich überrennt, greife ich nochmal hinter mich, nehme einen anderen Dildo, lege mich auf die Seite, stecke ihn mir in meinen Mund und lecke und sauge an ihm. Benetze ihn mit meinem Speichel und stecke ihn mir in meinen heißen und willigen Arsch. Immer tiefer und lasse ihn dort vibrieren, auf höchster Stufe. Meine Fotze läuft aus, ich schreie nur noch vor Wildheit. Ich massiere meinen Kitzler, ich ficke meine Fotze immer schneller, ich fühle einen Mann, seinen

Atem, seine Hände, er ergreift mein Becken, kraftvoll, machtvoll, wie ein Schraubstock. Ich höre und sehe nichts mehr, so haben mich meine Gier und meine Lust im Griff und dann kommt das Erdbeben, der Hurrikan. Es überrennt mich, einmal, zweimal, dreimal, ich bekomme kaum noch Luft, ich schreie und stöhne, hechele und zittere. Die Orgasmen reiten mich zu, sie besitzen mich. Es wird immer heftiger, mein Saft läuft an meinen Innenschenkeln runter. Der ganze Raum duftet nach Rosen und meinem Lustsaft, ich spritze unentwegt ab, es ist so köstlich. Dann beruhige ich mich wieder, ich bin ganz ruhig, meine Atmung wird langsamer, ich ziehe die Dildos aus meinen Fickgrotten und lecke an ihnen. Ich will meinen Saft schmecken, ich liebe ihn so und ich denke, dass es auch sein Saft ist. Er hat mir seine Ficksahne in meine Fotze gespritzt und ich darf ihn jetzt sauber lecken. Ich habe die Augen geschlossen, meine Zunge erkundet seinen mächtigen Schwanz, ich berühre meinen Kitzler, ich kann nicht anders, irgendetwas zieht mich dorthin. Er ist immer noch geschwollen, ich will ihn, ich will von ihm gefickt werden, immer wieder. Ich reibe heftiger an meinem Kitzler, ich bin wieder so nass, ich atme schneller, stöhne und……..spritze wieder und wieder ab, ich zittere, als wenn ich am Strom hänge und schreie wieder vor lauter Gier. Diese Orgasmen überwältigen mich, fesseln mich, katapultieren mich in die Hölle. Ich schreie und stöhne so laut, ich muss alles rauslassen, meine Sucht, mein unbändiges Verlangen. Dann werde ich ruhiger, ich bin satt und dann……..dann schlafe ich ein.

Am nächsten Abend läutete es an der Tür. Sebastian öffnete und ehe er sich versah, stürmte ein Mann an ihm vorbei, direkt in die Vorhalle und schrie meinen Namen. Ich hörte es bis oben in meinem Zimmer, stand auf und ging zur Tür. „Was ist das für ein schlechtes Benehmen, da unten", rief ich aus. Sebastian eilte ein paar Stufen zu mir hinauf und entschuldigte sich für den Mann. „Madame, bitte verzeihen Sie, der Herr ist ganz außer sich. Er stürmte an mir vorbei, ehe ich ihn fragen konnte, was der Grund für sein Benehmen sei." „Lass ihn unten warten, ich komme sofort runter", erwiderte ich und schloss meine Tür. Ich überlegte hin und her, aber ich hatte keine Erklärung, für den Vorfall und ich wusste auch nicht, wer dieser Herr sein sollte. Nach ein paar Minuten, stieg ich die Treppen hinab, in die Vorhalle und sah mir den eiligen Herrn erst einmal genauer an. Er war groß, dunkelhaarig, etwa 40 Jahre alt, sehr gut angezogen und machte nicht den Eindruck eines ungehobelten Jünglings. Als er mich sah, eilte er auf mich zu, nahm meine Hand, küsste sie und fiel auf die Knie. Ich nahm seinen rechten Arm und wollte ihm wieder aufhelfen, aber er weigerte sich. Er blieb auf den Knien und begann zu erzählen. „Ich habe viel von ihnen gehört. Madame. ich weiß, wer sie sind. ich bin ganz verwirrt, nun vor ihnen zu knien und sie in ihrer ganzen Schönheit nun vor mir stehen", schwärmte er. „Ich will wissen, was sie hier wollen und wer sie sind", unterbrach ich ihn. Jetzt stand er auf und stellte sich vor: „mein Name ist Robert Lüssow, ich bin Franzose und Bankier. Ich habe sie so lange gesucht. Mein Gott und jetzt habe ich sie gefunden." „Was wollen sie von mir, ich habe nicht viel Zeit", fragte ich ihn. „Ich will ihre ganze Härte spüren, ihre Züchtigungen über mich ergehen lassen, ich will in ihrem Feuer verbrennen und mich ihnen hingeben. Ich bin ihr Sklave, verfügen sie über mich. Ich lächelte ihn an und antwortete: „Junger Mann, meine Sklaven suche ich mir selbst aus. Sicherlich können sie meine Züchtigungen haben und meine Härte spüren, nur ob sie es überleben, ist eine andere Sache". „Wenn ich es nicht überlebe, dann ist es noch wundervoller, dann kann ich ihr Geschenk mit ins Grab nehmen. ich habe sie einmal berühren können und sie haben mich bestraft. Göttlich, einfach göttlich", sprudelte es aus ihm heraus. „Sie sind verrückt, aber sie machen mich auch neugierig. Nun, dann warten sie hier unten. Ich komme gleich zurück, Robert". Langsam ging ich die Treppe hoch und drehte mich immer wieder zu ihm um, denn ich glaubte, dass ich neue Nahrung für mich gefunden hatte. Einfach so. Das Schicksal meinte es gut mit mir. Als ich wieder vor ihm stand, hielt er den Atem an. Es gefiel ihm wohl, was ich anhatte. Ich trug eine schwarze Augenmaske, einen schwarzen Ledercatsuit, schwarze Lacklederoverknee-Stiefel und meine Siebenschwanzpeitsche. Außerdem schwarze lange Lacklederhandschuhe, man weiß ja nie, wie lange er die Tortur aushält und Blut an meinen Händen hasse ich. „Ich hasse Gejammer und Hilfeschreie. Hier erwarten dich keine Gnade und kein Mitleid, hier herrschen meine Gesetze und nur mein Wort hat hier Gültigkeit. Wenn ich einmal mit meiner Arbeit begonnen habe, dann gibt es für dich kein Zurück. Ist dir das klar? Ach, übrigens, in meinem Haus sietze ich keine Versager".. „Ja", stotterte er, „es ist alles in Ordnung. Ich habe verstanden". Das ist gut, dachte ich bei mir. Als wir im Keller angekommen waren, befahl ich ihm, sich auszuziehen und seine Kleidung ordentlich über den Herrendiener zu hängen. Er tat es, ohne Wiederworte, er hing wohl an seinem Leben. Als er fertig war, zwang ich ihn, in die Knie zu gehen und ruhig zu bleiben. Dann legte ich ihm ein Halsband um, welches innen Stacheln hatte. Erst zuckte er zusammen und wollte etwas sagen, aber dann blieb er doch stumm. Wie klug von ihm. Dann band ich ihm Schellen um seine Fußgelenke, die mit einer Kugel verbunden waren, durch die ich, wenn ich wollte, Strom schicken konnte. Das ist ein geiles Spielzeug, wenn ich ihn tanzen sehen will. "Wie stark willst du leiden, wieviel Schmerzen willst du ertragen?" fragte ich ihn. Er überlegte nicht lange und antwortete:" So viel, wie Sie mir geben können". „Ich kann dir das ganze Universum an Schmerzen zufügen, wenn ich will, aber weißt du? Ich will spielen, spielen mit dir und Spaß haben. Wenn ich mit dir fertig bin, dann hast du eine große Aufgabe zu erfüllen, du musst mich dann befriedigen und das ist nicht einfach. Und so lange lasse ich dich leben. Verstehst du mein Spiel?" Er sah mich nur an und sagte nichts mehr. Ich sah aber auch keine Angst in seinen Augen, also konnte das Spiel beginnen.

Ich stand auf und zog an seiner Leine. „Wir gehen jetzt ein bisschen spazieren, aber nur hier im Raum, mein Kleiner", eröffnete ich die Sitzung. „Sieh dort auf dem Tisch, da liegt ein Hundekuchen für dich. Du wart bis jetzt sehr brav. Nimm ihn dir", bot ich ihm an. Er ging mit mir auf den Tisch zu und wollte mit dem Kopf an die Tischkante, um dort den Kuchen zu nehmen, als ich ihn ruckartig zurückzog. Er fühle Schmerzen, denn die Stacheln bohrten sich in seinen Hals. Er zuckte zusammen und stöhne leise auf. „Man setzt sich hin, wenn man vor hat zu essen", ermahnte ich ihn. Er sah mich an und ich spürte, dass es ihm gefiel, was wir hier machten. Ich ließ die Leine wieder etwas locker und er bekam seinen Kuchen. Genüsslich vertilgte er ihn……im Sitzen. Dann zog ich die Leine wieder straffer und forderte ihn auf, schneller mit mir durch den Raum zu gehen. Dabei sah ich, dass sein Schwanz, wie eine geile Rute, abstand. Er war gierig nach Schmerzen und nach Sex. Das gefiel mir außerordentlich. Als wir einmal durch den

Raum gegangen waren, zog ich die Leine wieder fester an. Blut lief von seinem Hals runter, auf den Boden. Er stöhnte nun lauter und ich sah, wie sein Schwanz immer dicker und steifer wurde. „Na, ist mein Hund geil geworden? Gefällt ihm das, was wir hier machen?" Er nickte und stöhnte immer lauter. „Dann habe ich etwas für dich noch viel Schöneres. Es wird deinen Hundeblutdruck in die Höhe schießen lassen. Ich betätigte an meinem Pult einen Knopf und Strom schnellte durch die Kugel an den Fußschellen, durch einen Körper. Er zuckte, bäumte sich auf, schrie und stöhnte gleichzeitig, dann spritzte er ab. Er spritze dermaßen ab, dass es eine Wonne war, ihm dabei zuzusehen. als er sich wieder beruhigt hatte, führte ich ihn zum Tisch zurück und löste seine Leine. Am Stachelhalsband lief das Blut nur so herunter. Ich warf ihm ein Tuch hin, damit er sich sauber machen konnte. Ich löste seine Fesseln und er stand langsam auf, ging zum Herrendiener und griff nach seiner Hose. „Nein, mein Kleiner, so haben wir nicht gewettet. Du bist noch lange nicht fertig. Bleibe da stehen, wo du jetzt stehst und sie mir zu, wie ich mich ausziehe. Sieh zu, wie ich meine Fotze auf dich vorbereite. Deine Zunge soll mich zuerst verwöhnen und dann will ich deinen Schwanz. Sieh zu, dass er bald wieder fähig ist, mich zu befriedigen, sonst bist du tot. Haben wir uns verstanden?" mahnte ich ihn. Er nickte erschöpft und sah mich an. Er sah mir zu, wie ich meinen Lederanzug öffnete, an den Stellen, die mir wichtig waren. Speichel lief aus seinem Mund, ich sah, wie er vor Gier, nach mir, zitterte. Er berührte seinen Schwanz, der wie eine Eins stand. Ich sah ihn an, dieses mächtige Zepter, welches gleich meine Fotze ausfüllen wird. Ich ging näher auf ihn zu, zwang ihn in die Knie und befahl ihm, mich zu lecken. Er öffnete meine Schamlippen und presste seine gierige Zunge hinein. Ich warf meinen Kopf in den Nacken, stöhne auf und genoss jeden Zungenstrich, den er tat. Es war gigantisch. ich zitterte und zuckte und schließlich, als er immer schneller leckte und selbst an seinem Schwanz spielte, spritzte ich ab. Ich konnte mich nicht mehr zurückhalten. es schoss aus mir heraus. Immer mehr. Sein Gesicht war nass und er trank meinen Saft. Er schluckte und stöhnte, grunzte und hechelte vor lauter Lust. Dann legte ich mich auf den Tisch, befahl ihm, zu mir zu kommen. „Fick mich jetzt. Gib mir alles, was du hast. Ramme deinen Schwanz in meine Grotte. Komm, nimm mich, brutal, hart, laut.

Komm, gib´s mir. Jetzt." Er gehorchte, kam zu dem Tisch, drängte brutal meine Beine auseinander, hob mein Becken an, zog es zu sich hin und rammte mir seinen Megaschwanz in meine heiße Fotze. Es war gigantisch, heiß und so hart. Ich stöhnte und schrie, er keuchte und stöhnte und fickte mich, wie ein Besessener. Dann spritzen wir beide ab, ich danach noch weiter, immer wieder. Ich war so bestialisch geil und gierig. Ich fand kein Ende, hatte keine Kontrolle mehr, über mich. Ich wollte ihn auffressen, vor lauter Lust vernichten, ich wollte alles von ihm, immer mehr. Er konnte irgendwann nicht mehr. Ich löste mich von ihm, enttäuscht und befahl ihm, sich schnellstens anzuziehen. Er sah mich erst nur an, dann holte ich meine Peitsche raus, knallte damit auf den Boden und streifte anschließend seine Schulter. „Das hat jetzt mit Sex nichts mehr zu tun. Wenn du dein Leben liebst, dann geh. Verschwinde so schnell, wie du kannst, sonst töte ich dich." schrie ich. Er erkannte, dass ich keinen Spaß machte, raffte seine Kleidung zusammen und rannte, wie der Blitz, die Treppen hoch und verschwand. Dabei rannte er bald noch Sebastian um, der sich gerade an der Tür aufhielt. Es war ein wundervoller Moment mit Robert, es hatte mich stark berührt. Er konnte sehr zärtlich sein. Er hatte eine kolossale Zunge, mit der er wundervoll spielen konnte, aber….

Albert traf ich auf dem Antiquitätenmarkt. Ich hatte eine Skulptur gesehen, die wunderschön war und zu meiner Villa passte. Er fand sie auch interessant. Nun mussten wir uns einigen…..Er überließ die Skulptur schließlich mir und ich nahm ihn mit. Es war ein geiler Deal. Zuhause zog ich mich um und bereitete mich vor…..

.

Ich liege auf meinem Bett, habe ein Kissen unter meinem Hintern, meine Beine liegen auf deinen Schultern und du steckst mir deinen heißen, geilen und megaharten Schwanz ganz langsam in meine triefende Fotze. Ganz langsam führst du ihn ein. Ich atme immer schneller, ich will ihn schnell ganz tief spüren, aber du weigerst dich. Das macht mich noch heißer, noch wilder und du weißt das ganz genau. Stück für Stück drückst du ihn nach. Ich weiß nicht, wo ich mich festhalten soll, ich will dir mein Becken näher randrücken, aber es geht nicht. Ich bin dir ausgeliefert und muss schweißgebadet und voller heißer Gier darauf warten, bis du aufhörst mich zu quälen und ihn mir ganz reinrammst. Schweißperlen haben sich auf deiner Stirn gebildet. Du kämpfst selber mit deiner unbarmherzigen Lust, aber du willst mich leiden sehen. Du willst spüren, wie ich innerlich flehe und bettel, um deinen harten Schwanz endlich in meiner Fotze spüren zu dürfen. Als du ihn ganz drin hast und ich voller Genuss dir entgegen stoße, ziehst du ihn wieder fast raus und beginnst das Spiel von vorne. Du schwitzt jetzt dermaßen, dass deine Haare feucht sind. Du atmest schwer, weil du so geil bist, aber du siehst, dass ich bald fertig mit den Nerven bin. Du siehst, das ich zittere und bebe, vor Lust und Geilheit, aber du fängst mit der Tortur nochmal von vorne an. Ich verliere bald den Verstand. Ganz langsam, Stück für Stück schiebst du ihn in meine nasse Grotte. Ich stöhne und schreie, bitte und flehe, das sich deinen Schwanz ganz haben will und zwar sofort, aber du quälst mich weiter. Dann, als es nicht mehr geht und du merkst, dass mein Kitzler zu platzen droht und du deinen Saft hochsteigen spürst, erlöst du mich und wir beide spritzen dermaßen hart ab, dass wir es richtig spüren können. Ich stöhne, schreie, greife nach dir und du fickst mich wie ein Wahnsinniger. Du weißt, dass ich durch diese Quälerei so geil geworden bin, dass die nächsten Orgasmen problemlos bei mir kommen und du hast Recht. Dein Schwanz wird in mir wieder hart und das Spiel beginnt von vorne; die ganze Nacht, bis der neue Morgen graute….

Lambert war ein toller Mann. Er war geschieden und arbeitete in einem Wissenschaftszentrum in Paris, als Professor. Ich bewunderte ihn. Wir trafen uns abends, er hatte Feierabend und ich fragte ihn, ob wir etwas spazieren gehen wollen. Er sagte ja....

Ein lauer Sommerabend lädt uns zum Spazierengehen, in den Wald, ein. Herrlich, diese Idee, von mir. Da es, wie erwähnt, Sommer ist, trage ich sowieso nur Strapse und einen Ouvertslip. Einen durchsichtigen BH und ein dünnes Sommerkleid. Als Schuhe trage ich Stiletto Pumps. Hand in Hand gehen wir los. Ich habe unbändige Lust, dich zu verführen und da ist der Wald doch der beste Ort. Ich trage auch ein Strumpfband, an einem Bein. Meistens duftet es nach Vanille, aber heute habe ich es, bevor ich losgegangen bin, mit etwas Mösensaft benetzt. Ich bin so nass, dass das kein Problem war. Kein Mensch war mehr im Wald, es dämmerte, der Abend wollte kommen. Wir schlenderten des Weges, als ich stehenblieb und dich bat, mich zu küssen. Bereitwillig bliebst auch du stehen und erfülltest meinen Wunsch. Beim Küssen spürtest du, das mein Verlangen sehr stark war. Du hast meinen Hintern, beim Umarmen fest umklammert und geknetet. Ich liebe das. Du hast mein Kleid hochgeschoben und dir meine Arschbacken vorgenommen. Ich wurde immer nasser. Meine Hand fühlte an deiner Hose und bemerkte, dass dein Schwanz herauswollte. Du hast mich rückwärts in den Wald geschoben und erst Halt gemacht, als ich mit dem Rücken an einem Baum stieß. Mir wurde heiß, denn diese brutale Art liebe ich. Du zeigtest mir, dass du die Macht hast und das machte mich noch wilder und geiler. Mit einem Bein drückst du meine Beine auseinander. Ich hatte deine Hose längst geöffnet und deinen Prachtschwanz herausgeholt. Er war so göttlich warm, ich musste ihn probieren und in meinem Fickmaul spüren. Du hast gemerkt, was ich wollte, aber du wolltest mich erst noch weiter küssen. Ich hatte solche Sehnsucht nach deinem Schwanz und knetete ihn weiter, schob die Vorhaut vor und zurück, massierte deine Eichel. Dein Stöhnen und Atmen zeigte mir, dass es dir sehr gefiel, was ich da machte. Schweißperlen bildeten sich auf meiner Stirn, meine Haut wurde feucht. Eine Hand von dir, vergrub sich in meiner Fotze, zwei Finger wanderten in meine Grotte und die andere Hand hielt meine Arschbacke fest um dann mit zwei Fingern in meinem Arschloch zu verschwinden. Es wurde immer heißer in mir. Ich bewegte mein Becken hin und her Ich stöhnte immer lauter. Es war mir so egal, ob da irgendwo Leute waren und mich hörten und dir war es auch egal, denn du sagtest nichts, sondern hast meine Berührungen und dein Tun einfach nur genossen. Ich machte meine Beine immer weiter auseinander. Ich umfasste deinen Schwanz immer enger und wichste dir deinen Schwanz, der immer dicker wurde. Ich hatte so einen Hunger auf ihn, aber ich konnte mich nicht befreien. Plötzlich spürte ich, wie ein Orgasmus in meinem Unterkörper brodelte. Es wurde immer heftiger, ich atmete immer schneller, stöhnte immer lauter und schrie: „fick mich endlich, fick mich, mache mich fertig, bitte, fick mich, bitte." Dein Schwanz drohte zu platzen, mein Kitzler schrie förmlich nach deinem Zepter, ich bekam vor lauter Lust bald keine Luft mehr, ich war so in Ekstase, dass ich um mich herum nichts mehr wahr nahm. Ich umklammerte deinen Arsch und zog dich zu mir, immer mehr. Ich konnte nicht mehr und führte deinen Schwanz direkt in meine nasse Fotze. Ich machte meine Schamlippen auseinander und stieß ihn rein. Dann zog ich deinen Arsch immer wieder zu mir hin, damit deine Stöße brutaler wurden. Du hast mich gefickt, wie ein Wahnsinniger. Ich dachte, wir schieben den Baum weg. Wir waren so laut, so wild, so unbeherrscht. Ich war wie von Sinnen. Schweiß lief mir die Wangen runter, ich verschlang bald deine Zunge, ich schrie und bekam einen Orgasmus nach dem anderen. Mein Kitzler war eine pralle Kugel. Du wurdest immer schneller und plötzlich hast du dich mit beiden Händen in meine Hüften gekrallt und abgespritzt. Der ganze Wald zitterte, so hast du geschrien und gestöhnt. Beim Abspritzen wurde ich noch geiler und bekam zwei Orgasmen auf einmal. Ich drehte bald durch und wurde auch immer lauter. Mir wurde schwindelig und ich befreite mich aus deinen Fängen, um jetzt endlich deinen Schwanz in meinem Fickmaul zu spüren. Ich wollte ihn ablecken, aussaugen, mir den Rest holen, der mir gehörte. Ich kniete mich vor dich hin, nahm deinen heißen und nassen Schwanz, den du aus meiner Möse gezogen hattest und steckte ihn gierig in mein Fickmaul. Das Gefühl war so genial, so atemberaubend. Diese Wärme, der salzige Geschmack von meinem Mösensaft und deiner Ficksahne. Ich schloss die Augen und habe nur noch gesogen, gelutscht, wieder gewichst, in meinem Fickmaul. Du hast dich auf meinen Kopf gestützt und mein Fickmaul gefickt. Immer wieder, immer heftiger. Ich bekam, ohne mich zu berühren, einen so heißen Orgasmus dabei und du verdrehtest deine Augen, hast laut gestöhnt und geschrien und dich als Krönung in meinem heißen Fickmaul entladen. Ich habe deinen Saft geschluckt, dich sauber geleckt, wie eine Verdurstende. Es war phantastisch, so geil und heftig. Als wir uns beruhigt hatten, gingen wir nach Hause. Auf dem halben Weg, fragte ich dich, ob ich mal nachsehen dürfte, ob es deinem Schwanz auch gut ginge. Du hast gelächelt und mich rückwärts an einen Baum geschoben, bis ich mit dem Rücken anstieß……..

Ich habe dieses Tagebuch geschrieben, damit ich nicht in Vergessenheit gerate. Es schwebt ein Fluch über mir, der mich manchmal fast umbringt. Nymphomanin zu sein ist kein leichtes Leben. Man ist immer auf der Suche nach Befriedigung und Erlösung. Manchmal findet man Jemanden, aber manchmal auch nicht, dann muss ich mich eben um mich selbst kümmern. Ich kann kein normales Leben leben, indem ich einen Mann habe und mit ihm glücklich bin. Das funktioniert nicht. Deswegen kann ich mich auch nicht binden. Ich will niemandem wehtun. Das darf ich nicht. So laufe ich also rast- und ruhelos durch die Welt und bin immer auf der Suche. Ich verhungere, jeden Tag, jede Minute, aber wenn ich dann meine Nahrung gefunden habe, hält mich nichts mehr auf, auch nicht der Tod, der unweigerlich neben den Männern steht, die ich für meine Befriedigung finde. Aber…….ist das ganze Leben nicht ein Risiko?

Vor einiger Zeit traf ich Adam. Er war solo, 45 Jahre alt und Richter, in Paris. Er gefiel mir sofort. Er hatte ausgezeichnete Manieren. Wir trafen uns im Restaurant. Er war sehr voll dort und bei mir am Tisch war noch ein Stuhl frei. Wie das Schicksal so spielt. Wir redeten, tranken Wein und ich bot ihm an, noch eine weitere Flasche bei mir zu trinken. Er sagte sofort zu und so gingen wir zu mir nach Hause. Er erregte mich sehr und.....

Als wir bei mir ankamen, bat ich ihn in mein Schlafzimmer. Wir wussten, was wir beide wollten und so stellte ich mich vor ihn hin und begann ihn langsam auszuziehen. Er berührte zärtlich meine Haut und ich genoss seine Küsse an meinem Hals. Als er nackt war, stellte ich mit Begeisterung fest, dass er sehr gut gebaut war und meine Zärtlichkeiten seinem Schwanz gutgetan haben. Ich bat ihn sich auf mein Bett zu legen, ich würde gleich wiederkommen. Er legte sich hin und ich verschwand für kurze Zeit. Als ich wiederkam, trug ich ein rotes Negligee, schwarze halterlose Strümpfe, rot High Heels und lange schwarze Seidenhandschuhe. Er hob aufgeregt den Kopf und stöhnte leise auf. Ich setzte mich zu ihm auf das Bett und streichelte seine Eier, die warm vor mir lagen. Er stöhnte wieder, dann nahm ich seinen erregten Schwanz in meine Hände und massierte ihn langsam auf und ab. Er wollte mich berühren, aber ich verbot es ihm. Ich wollte erst noch spielen, bevor er mich beherrschen konnte. Langsam stand ich auf und setzte mich ebenso langsam rückwärts auf seinen Schwanz. Ich hob mein Negligee hoch, hatte keinen Slip an und führte seinen heißen Schwanz in meine nasse und gierige Fotze. Er stöhnte immer lauter und ich nahm seine Hände und führte sie zu meinen prallen Titten, die von ihm massiert werden wollten. Ich stöhnte immer lauter, ich ritt ihn zu, Langsam, dann schneller, rauf und runter. Ich warf meinen Kopf in den Nacken und vergaß ganz wo ich war. Er massierte wie wild meine heißen Titten und hielt sein Becken immer gegen meinen Ritt, so dass er ganz tief in mich eindringen konnte. Ich war wie in Trance, so süchtig war ich auf seinen Schwanz. Dann massierte ich seine Eier, während ich ihn zuritt, sie waren so warm und weich. Dann umklammerte er plötzlich meine Hüften, stemmte mich nach oben und warf mich auf den Rücken. Ich liebe diese Kraft. Dann riss er meine Beine auseinander, presste seine Lippen auf meine und küsste mich leidenschaftlich. Er rammte mir seinen geilen Schwanz in meine heiße Grotte und stieß immer wieder kräftig zu. Ich stöhne, schrie, klammerte mich an seine Schultern, zerkratzte ihm, vor lauter Gier, den Rücken und spritze dermaßen ab, das noch ein weiterer und noch ein weiterer Orgasmus folgten. Ich war in eine Ekstase gefallen. Ich war wie von Sinnen. Er schrie auf und stöhnte, wie ein Löwe, dann spritze auch er ab, krallte sich in meine Arschbacke und rammte mir, während er abspritzte, seinen Schwanz immer noch tiefer in meine Fotze. Es war die Hölle und der Himmel zugleich…. Dann musste er gehen. Er verstand sofort, als ich ihn aufforderte, schnell, mein Haus zu verlassen. Er war sehr intelligent. Ich verneinte, als er mich fragte, ob wir uns wiedersehen. Das verstand er nicht…..

Eines Abends, Sebastian und ich saßen beim Essen, eröffnete er mir, dass das Kellergewölbe nun leer sei. Als er mir erklären wollte, was er dazu getan hat, stand ich auf und legte meinen Zeigefinger auf seine Lippen. Er sollte schweigen. Das Kellergewölbe war nun leer und konnte neu besetzt werden, wenn irgendwelche Dummköpfe meine Befehle nicht befolgen würden. Wir aßen zu Ende und ich stand anschließend auf und ging auf mein Zimmer. Sebastian kannte mich und brachte mir noch ein Glas Champagner und ein Zitronensorbet hinauf. Der Gute wusste, wie man eine Lady verwöhnte. Ich liebe ihn unvorstellbar und deshalb werde ich denjenigen, der ihn mir wegnehmen will, töten, aber dann, mit meinen eigenen Methoden und dann, ist der anschließende Tod, die angenehmste Sache der Welt.

Chirac war ein ausgezeichneter Gourmetkoch, sehr bekannt und er war unersättlich. Er war bereits zig-Mal bei mir und immer wieder kamen neue Narben hinzu, aber er bekam nicht genug. Diesmal hatten wir einen Termin. Es war 23.30 h, als es an meiner Tür pochte und Sebastian öffnete. Er kannte ihn auch zu genüge, denn oft musste Sebastian Kopfhörer aufsetzen, so laut schrie Chirac seine Schmerzen und seine Lust heraus. Das gefiel mir, ein Mann ohne Hemmungen und ohne Tabus. Er sagte, was er dachte und ließ seiner Sucht nach Schlägen freien Lauf. Ich lächelte ihn an, als ich die Treppe hinabstieg. Er küsste mir galant die Hand und ich entführte ihn sofort in die untere Etage. Dort würde man uns nicht hören, denn er war heute ganz besonders gierig……auf mich…..und meine Peitsche. Unten angekommen, zog er sich komplett aus und ich sah, dass er Brustwarzenschmuck trug. Er hatte sie so fest gezogen, dass sie ihm starke Schmerzen zufügten, aber er lächelte. Er konnte wahrscheinlich meine Gedanken lesen, also antwortete ich ihm: „Ich habe einen exklusiven Penisring und einen Hodenring hier parat. Wenn du willst, lege ich ihn dir an. Ich nehme eine Nummer kleiner für dich, damit du spürst, was und wie ich es mache", und lächelte ihn dabei an. Langsam begann ich, die Ringe anzulegen, ich musste seine Eier richtig pressen, aber es gefiel ihm und der Penisring war so eng, dass ich dachte, hoffentlich fällt sein Schwanz nicht ab. So ausgestattet legte er sich auf die Pritsche und ich legte ihm Hand- und Fußschellen an. Dabei sah er mich unentwegt an. Ich konnte seine ganze Lust und Gier in seinem Blick erkennen. „Ich werde dir wieder einmal zeigen, wer hier das Sagen hat, du kleiner Schei-ßer", drohte ich im. Als er fertig gefesselt war, nahm ich flüssiges

Wachs, aus dem Ofen und goss es über seinen Bauch und dabei lächelte ich: „Wenn du jetzt schreist, bekommst du deinen Schwanz in Scheiben geschnitten zum Abendbrot". Er blieb stumm, wie ein Fisch. Das gefiel mir sehr. Ich sah ihm die Schmerzen an, die er ertrug, aber auch ein winziges Lächeln huschte über sein Gesicht. Dann holte ich mit der Peitsche aus und schlug ihm mitten auf die Brust. Er bäumte sich auf und schrie, wie ein Löwe, seine Lust und seinen Schmerz heraus. Ich feuerte ihn noch weiter an, indem ich immer weiter zuschlug. Dann stellte ich einen Fuß auf seine Brust und befahl ihm, meinen Stiefel zu lecken. Er tat es mit gierigem Verlangen, dann nahm ich den Fuß wieder runter und küsste ihn auf den Mund. So leidenschaftlich, denn ich war so heiß geworden. Mit meiner heißen Zunge öffnete ich seien Lippen, um an seine Zunge zu kommen, die vor Lust bebte. Er erwiderte meine heißen Küsse und hätte mich am liebsten angefasst, was aber nicht ging. Ich sah, wie sein Schwanz bald den Ring sprengen wollte, es war phantastisch. Chirac blutete überall, aber er war selig. Ich sagte ihm: „Ich löse jetzt deine Fesseln und dann gehörst du mir. Fick deine Herrin, deine Gebieterin, so lange du noch kannst. Und wehe du wirst schwach, dann töte ich dich." Er wusste, dass ich die Wahrheit sprach und nickte nur. Als ich ihn losmachte, sprang er wie ein wildes Tier von der Pritsche, auf mich drauf. Riss mir die Kleider vom Leib und fickte mich wie ein Wahnsinniger. Schon lange hatte ich keinen solchen gigantischen Sex mehr. Er leckte mich überall, rammte mir seinen Schwanz in meine heiße Grotte und befriedigte

202

mich immer mehr und immer wieder. Bis er zusammenbrach und in meinen Armen starb. Herzinfarkt. Er wusste, warum er noch einmal zu mir gekommen war, er wollte sich von mir verabschieden. Adieu Chirac, du warst wundervoll. Ich danke dir zutiefst. Dann küsste ich ihn auf die Stirn und rief Sebastian…..

Ich zog mich auf mein Zimmer zurück, ich musste alleine sein. Als ich so dalag, fiel mir plötzlich Carlos ein. Vor 10 Jahren hatte ich ihn als Lecksklaven ausgebildet. Er war Spanier und sehr temperamentvoll und er wollte lernen und auch bei mir bleiben, aber er durfte nicht. Ich musste ihn abgeben. So konnte er aufsteigen, bei einer anderen Herrin, was er bestimmt auch getan hat. Zur Ablenkung ging ich auf den Markt. Dort ist es immer sehr aufregend und als ich am Spezialitätenstand stehen blieb und verträumt vor mich hin sah, entdeckte ich ihn. Carlos. Ein Blitz durchzuckte meinen Körper. Er war jetzt 30 Jahre alt, hatte immer noch seine pechschwarzen vollen Haare, in die ich mich immer so gerne reingekrallt habe. Seine schneeweißen Zähne blitzten bei seinem verführerischen Lächeln. Er hatte eine leichte Tönung der Haut. Er sah umwerfend aus. Ich ging etwas näher auf ihn zu und dann sah ich in seine tiefschwarzen Augen, die mich ansahen, wie früher. Voller Begierde und Macht, voller Lust und Leidenschaft. Ich bebte, mein Körper zitterte und meine Hände wurden feucht. Er kam langsam auf mich zu, nahm meine Hände und lächelte mich an. „Hallo Annabelle. Du siehst wunderschön aus. Ich freue mich, dich hier zu treffen. Wir haben uns viel zu erzählen, hast du Lust auf ein

Glas Wein?" Ich sah ihn nur an und nickte und ich spürte, wie mein Gier nach oben stieg. Ich wurde immer heißer, mein Körper drängte sich an ihn und mir wurde vor Lust schwindelig. Ich flüsterte nur:" Ja, gehen wir einen Wein trinken und dann kommst du mit mir. Ich will dich……" Er lächelte wieder und nickte. Meine Gefühle trommelten in meinem Bauch, ich war unfähig einen klaren Gedanken zu fassen. Mich beherrschte nur Lust, gierige heiße Lust, seinen Körper aufzufressen. Als wir nach einer gefühlten langen Zeit in meiner Villa eintrafen, nahm ich seine Hand und zog ihn die Treppen mit hinauf, in mein Schlafgemach. Ich wollte einfach nur befriedigt werden und er konnte es. Als wir auf dem Bett lagen und er mich langsam ausgezogen hatte, konnte ich nicht anders. Ich befahl ihm, seiner Ausbildung als Lecksklave gerecht zu werden und meinen Körper zu verwöhnen, mit seiner Zunge und erst einmal nur mit seiner Zunge. Das ließ er sich nicht zweimal sagen, er drückte mich auf das Bett zurück und begann unten an meinen Füssen, seine Zunge spielen zu lassen. Immer wieder bäumte ich mich auf und ließ meiner Lust freien Lauf. Es war so köstlich, so gigantisch. Seine Zunge spielte mit meinen Zehen, dazwischen, mit meinen Fußflächen, es war so göttlich. Ich stöhnte immer lauter, ich hatte Schweißperlen auf der Stirn. Ich sah, dass es ihm auch gefiel, denn sein mächtiger Schwanz stand wie ein Zepter, er machte mich noch gieriger. Dann ging er weiter an meine Innenschenkel, ich bekam kaum noch Lust. Er leckte meine Oberschenkel und ging dann weiter hoch zu meinem Bauchnabel. Der Schuft ließ meine heiße Grotte aus, er wusste warum. Er trieb mich damit in den Wahnsinn. Er stieß mit seiner Zunge in meinen Bauchnabel, umkreiste ihn anschließend, ich zuckte vor Wonne zusammen, ich krallte mich in die Bettlaken und stöhne immer lauter. Ich zeigte ihm, dass ich seinen Schwanz will. Ich leckte meine Lippen und steckte mir meinen Daumen in den Mund. Ich leckte und sog daran, ich schmatzte, ich war wie von Sinnen. Er aber leckte mich weiter, aber ich spürte dass auch er dem Wahnsinn immer näher kam. Dann leckte er weiter höher und erreichte meine bebenden Titten. Eine nach der anderen nahm er sich vor, knabberte an meinen Nippeln, die immer härter und größer wurden. Ich massierte eine Brust abwechselnd immer mit, weil ich mehr wollte. Immer mehr. Dann gelangte er an meinen Hals, biss mir in die Schulter, leckte meine Ohrläppchen, meine geschlossenen Augen, meine Stirn,. Führte seine Zunge an meinem Haaransatz weiter und landete dann auf meinem Mund, wo ich ihm gierig meine Zunge anbot, aber er wich zurück, weil er mich noch mehr quälen wollte. Ich atmete immer schneller, ich litt, wie ein Tier. Ich lief aus, meine Fotze war so nass, ich spürte meinen Saft an meinen Innenschenkeln. Er richtete sich auf, ich konnte seinen Schwanz berühren. Er war so göttlich. Ich flüsterte atemlos: „Gib ihn mir. Stoße ihn in meine Fotze, ich bin so willig, so gierig. Ich will dich jetzt." Aber er beschwor das Finale herauf. Er bewegte sich wieder runter zu meinen Innenschenkeln, leckte meinen Saft auf, stöhnte laut auf, ich wurde bald ohnmächtig vor Lust und Gier. Ich wurde langsam unkontrollierbar, hemmungslos, wild und wollte mich nicht mehr beherrschen. Er leckte meine Schamlippen, ich wurde wahnsinnig, dann öffnete er sie, mit seinen Lippen und da lag nun mein praller und kochend heißer Kitzler vor ihm. Meine Fotze war weit geöffnet und er liebkoste meinen Kitzler mit seiner heißen Zunge. Beide verbrannten in dem Moment. Ich war in der hemmungslosen Ekstase angekommen. Ich bäumte mich auf, wälzte mich hin und her, griff nach seinem Kopf. Zog an seinen Haaren. Ich war wild und unbezähmbar, in diesem Augenblick. Ich wollte nicht mehr auf seinen Schwanz warten, da überkam mich ein Orgasmus der Superlative. Ich spritze ab, ich kollabierte bald. Meine Atmung war nicht mehr zu messen. Ich schrie und stöhnte meine Lust raus. Mein Saft benetzte sein ganzes Gesicht und er leckte weiter, immer weiter. Ich spürte zwei, drei, vier Orgasmen, die mich schüttelten, die mich beherrschten, die mich bald auffraßen und meine Gier wurde immer größer. Ich wollte jetzt, jetzt seinen harten und geilen Schwanz spüren. In mir, in meiner heißen Fotze, ganz tief drin und er sollte ihn reinrammen, immer heftiger, immer stärker. Oh, Gott, ich war wie von Sinnen. Er konnte es auch nicht mehr abwarten. Er erhob sich, sah mich an, mit einem Blick, der so viel Macht demonstrierte. Ich war so heiß, so geil, so gierig und das wusste er. Er küsste mich und ich leckte ihm meinen Saft von seinem Gesicht und dann…..führte er seinen harten Schwanz in meine Fotze ein….ganz langsam und sah mich dabei an. Ich wurde zur Wölfin, nein, nicht auch noch diese Quälerei, diese Folter. Er sah mich an und drang ganz langsam in mich rein, dann zog er ihn wieder ein Stück heraus, dann wieder etwas rein. Ich bäumte mich auf, schrie seinen Namen: „Carlos, jetzt, fick mich, bitte ramm ihn rein, heftiger, härter. Bitte, bitte, ich will ihn haben, ganz, jaaaa". Dann ergab er sich und belohnte mich und sich selbst. Er stieß sein Zepter in meine gierige Grotte, immer heftiger. Er stemmte meinen ganzen Körper nach vorne und fickte mich, unbarmherzig, wild und erbarmungslos. Er hörte nicht auf, bis er seinen Kopf nach hinten warf und wie ein Stier aufstöhnte und schrie. Er spritze in meine Grotte, seinen heißen Saft, so dass ich ihn spürte. In dem Moment überkam mich ein Orgasmus, der einem Tornado glich. Ich schrie und stöhnte, immer lauter. Wir beide genossen die Leidenschaft, die Ekstase, die uns verband. Es war die Hölle und der Himmel zugleich.

Ich dankte ihm anschließend und Sebastian bereitete uns ein Festmahl zu. Anschließend flüsterte ich Carlos zu: „Baby, das Dessert nehmen wir auf meinem Zimmer ein, nicht wahr?" und schnurrte wie eine Tigerlady, die kochend heiß war. Er nickte wohlwollend und lächelte mich an…..

Er blieb eine Woche bei mir. Es war ein Fest der Lust und Gier, jede Minute kosteten wir aus. Er war sehr ausdauernd und leidenschaftlich und genauso verwöhnte ich ihn. Nach jedem Akt leckte ich ihn sauber und bereitete ihn auf etwas Neues vor. Wir waren wie in Trance. Unsere unbändige Lust beherrschte uns. Wir waren in uns gefangen und genossen uns. Wir aßen nur einmal am Tag und löschten unseren Durst mit unseren Säften oder mit Champagner, den wir über unsere Körper laufen ließen.

Dann leckte er mich sauber und anschließend ich ihn. Wir waren betrunken vor Lust und Champagner. Es war, wie in einem Märchen. Er war ein Geschenk, für mich und ich behandelte ihn auch so. Und dann kam der Abschied und ich ließ ihn gehen, in der Hoffnung auf ein Wiedersehen. Ich hatte ihn damals grandios ausgebildet, die Belohnung bekam ich in der einen Woche, von ihm. Ich werde ihn vermissen, aber die Erde dreht sich weiter und eines Tages wird er wieder vor mir stehen. Schön, groß, leidenschaftlich und willig, dann werde ich ihn wieder nehmen, denn er gehörte mal mir, mein göttlicher Lecksklave Carlos.

Mein Leben ist ein Rausch zwischen Ekstase, Leidenschaft und anschließender Ruhe. Obwohl die Ruhephasen nur sehr begrenzt sind. Ich bin eine Süchtige, süchtig nach Sex und Abwechslung. Was danach passiert interessiert mich nicht und was mit den Männern geschieht, die mir nicht gehorchen oder meine Villa nicht schnell genug verlassen können, interessiert mich auch nicht. Dafür habe ich Sebastian engagiert, der sich dann um alles kümmert. Gott lobe ihn. Ich bin so geboren worden und nichts konnte etwas daran ändern. Ich liebe mein Leben und meine Art. Ich liebe mich selbst so sehr. Auch meine dunkle Seite, die Macht anderen Schmerzen zuzufügen, macht mich noch süchtiger. Süchtiger nach mehr. Deswegen bin ich eine Domina und ich werde geliebt, so, wie ich bin. Meine harten Bestrafungen werden gefordert und derjenige, der sie will, bekommt sie auch. Und wenn er dabei stirbt, ist das sein Risiko. Ich habe niemals gesagt, dass ich jemanden bewusstlos streichele. Bei mir ist immer der Tod im Zimmer dabei. Entweder als Zuschauer oder als letzte Instanz, wenn das Wort „Stop" nicht fällt. Jeder Mensch hat einen freien Willen, er muss ihn nur zu benutzen wissen.

Nun öffne ich mein Tagebuch wieder....

Norac war ein Norweger, der in Paris Urlaub machte. Er reiste allein, wie ich heraushörte und er gefiel mir sehr gut. Wir unterhielten uns auf einer Bank, an der Seine. Die Sonne schien und er war richtig lustig und hatte ein angenehmes Lachen. Manchmal sah er mir in die Augen, als wollte er mich verschlingen und das genoss ich. Nach einiger Zeit bot ich ihm an, mitzukommen, weil ich Hunger verspürte. Ich sagte ihm, dass mein Koch uns etwas zaubern würde. Dass er dafür zuerst viel leisten müsste, habe ich ihm nicht gesagt. Er würde es schon merken….

Sebastian öffnete uns die Tür und Norac und ich gingen sofort in mein Zimmer. Er setzte sich auf mein Bett und sah sich um. Ich zog mich derweil im Nebenzimmer um. Als ich das Zimmer wieder betrat, stand er auf und rief „wow", was mich natürlich sehr stolz machte. Das Spiel konnte also beginnen….

Ich führe dich zu einem Stuhl. Ich trage einen schwarzen Lackminirock und schwarze High Heels. Als Oberteil trage ich eine schwarze durchsichtige Seidenbluse, die vorne geknotet wird. Als du auf dem Stuhl Platz genommen hast, öffne ich deine Hose und hole deinen harten und heißen Schwanz heraus. Du siehst mich erwartungsvoll an, aber ich will ihn nicht aussaugen, sondern ihn tief in mir spüren, in dem ich mich ganz langsam auf dich setze. Mein Ouverthöschen ist vollkommen nass, so heiß und gierig bin ich auf dich. Langsam lasse ich mich nieder, meine Titten direkt und ganz nah vor deinem Gesicht. Du greifst nach ihnen und öffnest den Blusenknoten, lässt sie frei und massierst eine nach der anderen. Dabei saugst du an meinen Nippeln, die steinhart geworden sind, vor Geilheit. Ich halte mich am Stuhlrücken fest, so dass ich langsam auf und ab gleiten kann. An deiner schweißbedeckten Stirn sehe ich, wie geil du bist. Ich werfe den Kopf in den Nacken und stöhne laut auf, denn das Eindringen und wieder rausziehen, deines Schwanzes, bringt mich um den Verstand. Es ist so heiß in mir drin, du atmest schwer, kommst immer näher, öffnest deinen Mund und suchst mit deiner Zunge meinen Mund, den ich auch geöffnet habe, weil ich vor lauter Wollust schreien möchte. Ich werde immer schneller, deine Zunge spielt mit meiner Zunge, wir saugen uns an, du knetest einmal meine Titten, dann greifst du nach meinen Arschbacken und kontrollierst die Abstände, wie ich dich ficke. Wir werden immer schneller, unsere Zungen gleiten übereinander, dann lässt du ab und nimmst wieder eine Brust in den Mund saugst daran, dass es ein leichter Schmerz ist, der mich aber wahnsinnig macht. Wir beide ficken uns gnadenlos und immer brutaler. Mein Saft dringt aus meiner Fotze nach draußen, ich sehe dich eindringlich an und spritze ab, ich kann nicht mehr. Du schreist meinen Namen, umklammerst meine Hüften immer fester und schießt deinen Saft in meine Lustmöse. Bei jedem

Spritzer zuckst du zusammen und drückst mich immer heftiger nach unten auf deinen Schwanz, als wenn meine Fotze ihn aussaugen sollte. Ich küsse dich, gehe mit meinen Fingern an meinen Kitzler, der so prall und heiß ist und hole mir noch mehr Orgasmen. Dann sacken wir beide zusammen und ruhen unsere Zungen in unseren Mündern aus.

Am Stadtrand von Paris war eine Automobilschau in vollem Gange, als ich einen gutaussehenden, großen Mann entdeckte. Er trug eine Sonnenbrille, was mich irritierte, denn ich sehe gerne in die Augen eines Mannes. Ich ging näher zu ihm hin und streifte ihn zufällig am Arm. Er drehte sich um und entschuldigte sich. Das fand ich lustig, denn ich hatte ihn ja gestreift. Er nahm die Brille ab, sah mir in die Augen und stellte sich vor. Peter Bernard. Ich lächelte ihn an und hatte ihn schon in meinen Gedanken mit nach Hause genommen, als ein andere Herr bei uns stehenblieb und ihn begrüßte: Bonjour, Peter", rief er, „na, immer noch Staatsanwalt?" Meine Ohren wurden immer größer. Staatsanwalt hatte ich noch nicht. Hoffentlich gehorcht er, es wäre schade, wenn er sterben müsste. Bei einem Espresso kamen wir uns näher und ich bemerkte, dass er sehr nervös war; wegen mir. Das gefiel mir und ich fragte ihn, ob er Lust auf ein Glas Champagner, in meiner Villa hätte und er sagte zu. Ich öffnete die Tür und er staunte über die Vorhalle, die kostbaren Teppiche und die Ledergarnituren, die dort standen. Auch für meine Gemälde interessierte er sich. Viele waren von bekannten Malern aus der Jahrhundertepoche und somit einiges wert. Ich nahm ihn an die

Hand und führte ihn die Treppe hinauf, zu meinem Schlafzimmer. Ich öffnete langsam die Tür und sah ihm dabei in die Augen. „Du möchtest bestimmt ein Glas Champagner", fragte ich ihn unschuldig. „Oh, ja, gerne", antwortete er ebenso unschuldig. Ich goss uns beiden ein und setzte mich zu ihm auf das Bett. Wir stießen an, tranken etwas. und stellten die Gläser wieder ab. Ich sah ihm in die Augen und verspürte eine unbändige Lust, ihn auszuziehen. Ich stand wortlos auf und stellte mich vor ihn hin. Dann griff ich nach seiner Jacke und zog sie ihm über seine Schultern aus. Er sah mich nur an und öffnete leicht seine Lippen. Ich bekam immer mehr Hunger auf ihn. Dann öffnete ich sein Hemd, Knopf für Knopf öffnete ich und zog ihm auch dieses über die Schultern aus und warf es nach hinten auf den Boden. Dann ergriff er plötzlich meine Hüften und zog mich näher zu sich hin. Ich bebte vor Lust nach ihm. Mit einer Hand hielt er meine Hüfte fest, mit der anderen Hand öffnete er meine Bluse. Meine Haut wurde feucht und mein Atmen wurde schneller. Es war warm draußen und so hatte ich keinen BH angezogen. Nach dem siebten Knopf holte er meine Brüste hervor und begann an meinen Nippeln zu saugen und zu lutschen, als wenn er am Verdursten wäre. Ich warf meinen Kopf in den Nacken, oh Gott war das geil. Dann biss er auf meine Nippel, der Schmerz tat mir so gut und entfachte noch ein größeres Feuer in mir. Ich massierte seinen Schultern und suchte mit meinem Mund seine Lippen und seine Zunge, die ich jetzt spüren wollte. Aber er wollte noch nicht....Dann zog er mir meine Bluse aus und massierte meine

Arschbacken, dabei bemerkte er, das ich kein Höschen trug. Er bekam Schweißperlen auf seiner Stirn und massierte sie immer heftiger. „Ich will mich auf dich setzen und dich zureiten. Heftig, maßlos…" flüsterte ich atemlos. Er biss in meine Titten und fasste unter den Rock und schob ihn hoch. „Steh auf", befahl ich ihm und er gehorchte. Als er vor mir stand, glitten meine Finger zu seinem Reißverschluss. Ich öffnete ihn und bemerkte: "Er will raus. Dein Schwanz will mich kennenlernen. Er will meine Fotze spüren und sich austoben. Ich will es ihm erlauben, mein Hengst", stöhnte ich leise. Sein Schwanz war so herrlich hart und warm. Ich öffnete seine Hose noch mehr und schob sie an seinen Beinen herunter. Dann zog ich seinen Slip komplett runter und massierte seine warmen Eier. Das war ein so geiles Gefühl.

Er stöhnte leise auf und griff brutal meine Hüften, ließ sich fallen und hob mich auf seinen Schwanz. Ich war so nass und gierig, dass er ihn einfach reinstoßen konnte. „Ja, ramme ihn mir rein, gib ihn mir, mehr, fester", schrie ich. Er brach plötzlich aus, war wie von Sinnen. Er fickte mich, wie ein Stier, er schrie und stöhnte, hielt meine Arschbacken fest umklammert und rammte mir seinen Schwanz immer heftiger in meine nasse Fotze. Es war gigantisch. Ich ritt ihn zu und plötzlich überkam mich ein Hurrikan. Ich spritze ab und glitt in eine Ekstase, die nicht mehr aufhören wollte. Meine Haut wurde immer feuchter, meine Stimme versagte bald, vor lauter Geilheit. Er war wie besessen, er war hemmungslos und gierig, wie ich. Wir fickten uns gegenseitig und wollten nicht mehr aufhören. Dann krampften sich seine Hände in meinen Rücken, er schrie seine ganze Lust raus und besamte mich, wie ein reinrassiger Zuchthengst. Es war nicht auszuhalten, so heiß waren wir beide. Unermesslich geil, waren wir in diesem Moment. Als er fertig war, rang ich nach Luft, er aber drehte mich um und fickte mich erneut von hinten. Ich war so unbeherrscht und unersättlich, dass ich mich immer weiter gegen ihn drängte, damit sein Schwanz, bis zum Anschlag, in meinem Arsch sein konnte. Ich genoss jede Sekunde und jeden Zentimeter von ihm. Wir beide spritzen daraufhin dermaßen ab, dass ich seinen Saft in mir spüren konnte. Wir haben nicht mehr aufgehört, bis der Morgen graute, dann forderte ich ihn auf, zu gehen. Er verstand es nicht, aber ich drängte ihn, sich anzuziehen und zu gehen. Er versuchte mit mir darüber zu diskutieren und das war ein großer Fehler. Mein Haus, meine Gesetze, meine Befehle. Ich rief Sebastian und machte ihm klar, dass Peter noch einige Gemälde betrachten möchte, bevor wir essen. Sebastian wusste, was das hieß. Er nahm Peter in Empfang und beide verschwanden im Kellergewölbe. Ich hörte einen Kampf und Klingen, dann war es still. Kurze Zeit später kam Sebastian wieder hinauf, sah mich an und meinte: „Ich habe ein Mahl zubereitet. Ist es recht, wenn ich jetzt serviere?" Es war mir sehr recht. Geiler Sex macht mich immer sehr hungrig.

Es ist immer sehr schade, wenn gerade solche Männer einfach nicht gehorchen wollen. Wenn ich ein Nein verlauten lasse, dann muss man das akzeptieren. Was ist daran so schwer zu verstehen? Es war herrlich mit ihm, aber es wurde auch etwas langweilig. Ich wusste jetzt, was ihm gefiel und was er wollte. Für mich ist das vertane Zeit, Langeweile breitet sich aus und ich hasse Langeweile. Sie führt dazu, dass Seelen und Gelüste sterben und das ist das Einzige, was ich nicht will, dass es stirbt, alles andere ist mir egal. Das Leben ist herrlich, gigantisch und geil, auch für Dich. Lasse Deine Hemmungen fallen und genieße es, lerne Dich kennen, denn auch in Dir steckt der Teufel und die Gier nach Sex. Glaube mir….

Vive l'amour, la vie et la mort

Viva la France

Annabelle

Impressum

Herstellung und Verlag

BoD – Books on Demand, Norderstedt

ISBN 9 783744822213

2017 Martina Figge

......

. . . . .

...

...